EL PSICOANÁLISIS

Chawki Azouri

EL PSICOANÁLISIS

Traducción de Milagros y Piedad Oregui
Adaptación de Ricardo Tapia

Primera edición: febrero 1995
Sexta edición: diciembre 2002

Diseño de cubierta: *Alfonso Ruano / César Escolar*

© Marabout (Belgique), 1992
© Acento Editorial, 1995
   Joaquín Turina, 39 - 28044 Madrid

Comercializa: CESMA, SA - Aguacate, 43 - 28044 Madrid

ISBN: 84-483-0087-4
Depósito legal: M-48629-2002
Preimpresión: Grafilia, SL
Impreso en España / *Printed in Spain*
Huertas Industrias Gráficas, SA
Camino Viejo de Getafe, 55 - Fuenlabrada (Madrid)

No está permitida la reproducción total o parcial de este libro, ni su tratamiento informático, ni la transmisión de ninguna forma o por cualquier medio, ya sea electrónico, mecánico, por fotocopia, por registro u otros métodos, sin el permiso previo y por escrito de los titulares del *copyright*.

ÍNDICE

INTRODUCCIÓN 9

I. PREHISTORIA DEL PSICOANÁLISIS 13
   Las diferentes rupturas con el saber constituido 15
   Ruptura con la psicología y la filosofía 15
   La ruptura con la hipnosis 16
   La ruptura con la medicina 17
   El reencuentro con Charcot: la hipnosis 19
   El trabajo con Breuer 20

II. EL NACIMIENTO DEL PSICOANÁLISIS 25
   El encuentro con Fliess 27
   La interpretación de los sueños 30
   Contenido manifiesto-contenido latente 31
   El sueño: la realización de un deseo inconsciente 31
   La censura: deformación del sueño 32
   La elaboración del sueño: desplazamiento, condensación y figuración 32
   Un sueño de niño 33
   La puesta en escena del sueño 33
   «Psicopatología de la vida cotidiana» 34
   La palabra de la verdad toma la delantera a la otra 34
   El espíritu, el inconsciente, la risa 35

III. LA CONCEPCIÓN FREUDIANA DEL APARATO PSÍQUICO 37
   Un lugar psíquico separado de la consciencia 39
   La abreacción y el método catárquico 39
   La represión 40
   La primera tópica 40
   El inconsciente 40
   El preconsciente 40
   El consciente 40
   La censura 41
   El registro dinámico 41
   El registro económico 41
   Energía libre y energía ligada 42
   Los procesos primarios y los procesos secundarios 43
   La pulsión sexual 44
   El impulso, el fin, la fuente y el objeto de la pulsión 45
   La fase oral 46
   Necesidad, demanda y deseo 46
   La fase anal 47
   La fase fálica y genital 48
   El período de latencia 51
   La crisis de la pubertad 51
   Pulsiones sexuales y pulsiones de autoconservación 51
   Principio de placer y principio de realidad 52
   El narcisismo 53

	Libido del yo y libido del objeto	53
	Pulsiones de vida y pulsiones de muerte	54
	La segunda tópica: yo, ello y superyó	54
	La identificación	55
	El ideal del yo y el yo ideal	55
	Angustia y represión	56
IV.	EL ENFOQUE PSICOANALÍTICO DE LAS NEUROSIS, LAS PSICOSIS Y LAS PERVERSIONES	57
	La represión y el retorno de lo reprimido	59
	El síntoma	59
	La negación de la realidad, la ausencia de represión, el rechazo o la exclusión	60
	La represión original	61
	La histeria	61
	Dora	61
	La vertiente defensiva	62
	La vertiente ofensiva	63
	La histérica y el amor	63
	La histérica y el analista	64
	La maternidad, principal misterio de la feminidad	64
	La neurosis obsesiva	65
	El carácter anal	65
	El síntoma obsesivo	66
	La fantasía del obsesivo	66
	El obsesivo y el analista	67
	La neurosis fóbica o la histeria de angustia	67
	Las fobias	67
	La estrategia fóbica en la neurosis fóbica	68
	La paranoia	69
	El presidente Schreber y los alumnos de Freud	69
	La interpretación de Freud	70
	El delirio de persecución	70
	La erotomanía	70
	El delirio de los celos, de la envidia	70
	La megalomanía	70
	El punto de vista de Lacan	71
	La esquizofrenia	71
	El delirio: una tentativa de curación	72
	La melancolía	73
	La introyección	73
	«Yo te perdono del daño que te haya podido hacer»	74
	El perverso y el analista	74
	El encuentro entre psicoanalista y psicoanalizado	75
V.	LA TRANSMISIÓN DEL PSICOANÁLISIS POR LA INSTITUCIÓN	77
	La IPA	79
	La estructura de la IPA	79
	Las masas organizadas: la Iglesia y el Ejército	80
	La reproducción de los analistas	80
	La teoría del fin del análisis en la IPA: la identificación con el analista	81
	La crítica por parte de Lacan de la inflación imaginaria en el psicoanálisis	82

VI. LOS APORTES TEÓRICOS DE JACQUES LACAN ... 85
   La teoría del sujeto ... 87
   Lo imaginario ... 88
   Lo simbólico ... 90
   La secuencia ausencia-presencia de la madre ... 91
   La metáfora ... 92
   La metáfora paterna ... 92
   $, S1, S2 y a ... 93
   La metonimia del deseo ... 94
   Lo real ... 94
   El fantasma ... 95
   El objeto (a) ... 95
   La forclusión (repudio) del nombre del padre ... 95

VII. LA PRÁCTICA DEL ANÁLISIS ... 97
   La escucha ... 99
   El silencio ... 99
   La neutralidad del analista ... 99
   La atención flotante ... 100
   La asociación libre de ideas ... 100
   La interpretación ... 100
   El diván ... 101
   El pago ... 102
   La duración del análisis ... 102
   Las sesiones de duración variable ... 103
   La curación ... 104
   Los fines de un análisis ... 104
   La necesidad de un análisis ... 105

VIII. LA FORMACIÓN DEL ANALISTA ... 107
   El análisis personal del analista ... 109
   Análisis terapéutico y análisis didáctico ... 109
   «El analista no se apoya más que en sí mismo (se autoriza por sí mismo)» ... 110
   La teoría de Lacan sobre el fin del análisis ... 110
   El analista se autoriza por sí mismo y por algunos otros ... 111
   El control o la supervisión ... 111
   El pase ... 112
   La institución psicoanalítica y la identidad imposible del analista ... 112

IX. PROBLEMAS Y PERSPECTIVAS ... 115
   El analista y la Europa de 1992 ... 117
   La falta de diploma del analista ... 117
   Las asociaciones psicoanalíticas, la garantía y la formación ... 117

X. EL PSICOANÁLISIS EN ESPAÑA ... 119

BIBLIOGRAFÍA ... 123

7

INTRODUCCIÓN

El psicoanálisis * nació de la unión de distintos factores que llevaron a Freud a sondear la psicología humana buscando las causas que pudieran explicar ciertos fenómenos aparentemente sin sentido, como eran el síntoma histérico, el sueño, el acto fallido o el lapsus.

El psicoanálisis no nació en su totalidad de la cabeza de Freud. Si bien es cierto que se puede decir esto también de otras disciplinas, para el psicoanálisis y su transmisión, es incluso más importante el señalarlo como este libro tratará de hacer. Lo que Freud descubrió, el inconsciente como causa del síntoma, del sueño o del lapsus, no deja de estar olvidado por el hombre que nada quiere saber de ello. Y, en primer lugar, por el propio Freud.

Es posible que nos haya legado esta herencia paradójica. A los analistas, de enterrar o de desenterrar con él. Y para todos aquellos que entierran o reprimen el mensaje freudiano, la institución analítica tendrá el primer puesto.

Volviendo a los textos freudianos, en su «vuelta a Freud», Lacan se puso a desenterrar, y por tanto a perturbar. Volvió a dar a esta frase de Freud todo su alcance: «El yo no es el maestro en su morada». Y si la institución se opuso a él, es que el yo ocupó un lugar central, invadiéndolo todo y desbordando la práctica del análisis al igual que su teoría. He aquí sobre todo el porqué, a mi entender, no se puede hoy hablar de Freud sin hablar también de Lacan [1].

Por supuesto, he tratado de no hacer un resumen, de hecho imposible, del psicoanálisis. Tal empresa habría dado la impresión de

---

* Las expresiones psicoanálisis y análisis, psicoanalista y analista, son de ordinario utilizadas indistintamente a la hora de describir el objeto de este libro, tanto por los estudiosos como por los profesionales.

[1] La orientación del autor del libro es la de un discípulo de Lacan, lo que obligaría a corregir y matizar muchas de sus afirmaciones, vistas desde otra perspectiva psicoanalítica. «El psicoanálisis no es hijo de la especulación, sino el resultado de la experiencia; y por esa razón, como todo nuevo producto de la ciencia, está inconcluso» (Freud, 1913). Cabe decir que se trata de una experiencia particular: la de una relación humana entre un sujeto experimentador (Freud) y un objeto del experimento (Freud mismo, visto a través de la correspondencia con su amigo Fliess, o los pacientes de Freud, y él de nuevo reflejado en sus propios pacientes). De ello se hace evidente que, quien quiera repetir el experimento para volver a hallar el psicoanálisis, debe volver a Freud, tanto como poner su persona en juego en esa relación analítica particular.

Todos los analistas que han seguido con sus aportaciones y discrepancias la doctrina psicoanalítica han debido realizar ambos experimentos, sin llegar a rotular su vuelta a Freud como tal, y han coincidido, o no, con aspectos diversos del psicoanálisis de Freud. Al fin y al cabo, es el psicoanálisis, con los *tres pilares básicos de su teoría* que Freud exige sean admitidos por aquellos que puedan «contarse entre los psicoanalistas», es decir, «el supuesto de que existen procesos anímicos inconscientes» (Freud, 1923); «la doctrina de la resistencia y de la represión»; «la sexualidad y el complejo de Edipo». Este psicoanálisis inconcluso sí surgió todo armado como Atenea de la cabeza de Zeus, aunque aún no existiera un Perseo que le obsequiara con la cabeza de Medusa para su escudo. Con ello quiero dar a entender que Lacan no fue el único Perseo. (Nota del adaptador.)

9

EL PSICOANÁLISIS

un vuelo por encima más o menos completo, pero hubiera tenido al mismo tiempo el inconveniente de ser impersonal y, por tanto, enojoso. He tenido, por tanto, que excluir la presencia de algunos autores que han marcado el psicoanálisis. Mélanie Klein o D. W. Winnicott son tan sólo citados, y no he hablado para nada del psicoanálisis infantil, por ejemplo, ni de lo que ahora se llama el psicoanálisis aplicado.

Espero únicamente que este libro provoque interés al lector sobre el psicoanálisis. A partir de aquí, todas las puertas le serán abiertas.

El juego de las cifras chinas

Cuando, lejos del mundo del psicoanálisis, mis amigos me preguntan qué distingue a éste de la psiquiatría o de la psicología, me tienta muchas veces proponerles un juego: el juego de las cifras chinas.

Aún recientemente, discutimos sobre la importancia del inconsciente y del determinismo psíquico. El recuerdo de sus clases de licenciatura o sus recientes lecturas de periódicos, animaron a mis amigos a tratar de polemizar conmigo: el análisis se ha vuelto inútil, existen otros métodos más eficaces y más rápidos, como son las terapias conductistas. Ciertos programas televisivos les habían convencido incluso de la necesidad de volver a la hipnosis.

Escuchándoles, me he dado cuenta de que, noventa años después de la publicación de *La interpretación de los sueños*, de Freud, las resistencias hacia el psicoanálisis no han cambiado prácticamente nada.

Les pregunté si recordaban ese juego que nos intrigaba tanto cuando éramos pequeños. Uno de ellos se acordaba vagamente. Había olvidado su sentido y su desarrollo. Los otros no lo conocían. Se trataba del juego de las cifras chinas. Este juego no tiene nada que ver con las cifras o los nombres chinos en sí mismos; de hecho, obtiene su nombre de su aparente complicación.

Les pedí a mis amigos que se sentaran en el suelo formando un círculo a mi alrededor. Coloqué delante de ellos cinco cerillas. Se trataba de que ellos adivinaran el número que éstas podían representar. Desde el uno hasta el cinco. No más que los dedos de una mano.

La búsqueda de una lógica

Comencé colocando las cinco cerillas paralelamente, con la cabeza mirando hacia mí. Después de algunos segundos de reflexión, todo el mundo convino en que se trataba de la cifra número cinco. Dije que sí. El juego les parecía fácil: la dirección de las cabezas determinaba la respuesta.

La siguiente vez, cambié el sentido de una de las cerillas y coloqué su extremo rojo mirando hacia ellos. El tiempo de reflexión fue algo más largo. Alguno de ellos respondió que la cifra cuatro. Su razonamiento era muy simple: las cerillas que miraban hacia mí determinaban la respuesta. Para los demás, la cifra era el número tres. Si quitaban la cerilla orientada hacia ellos de las otras cuatro, ló-

INTRODUCCIÓN

gicamente el resultado era la cifra número tres. Se trataba efectivamente de la cifra tres. En la tercera figura dispuse las cerillas en sentido contrario al anterior: cuatro se orientaban paralelamente hacia ellos y tan sólo una hacia mí. Después de pensárselo durante largo tiempo, un cierto nerviosismo se apoderó de mis amigos. ¿Era el número de cerillas más numeroso en una dirección u otra el que determinaba la respuesta, independientemente de que estuvieran orientadas hacia ellos o hacia mí? Dicho de otra manera, ¿las cuatro cerillas dirigidas hacia ellos representaban el vector principal por ser el grupo más numeroso, o la cerilla que miraba hacia mí debía retirarse? Algunos dijeron, de nuevo, la cifra del número tres.

Mi asentimiento les procuró un gran alborozo. La lógica que determinaba el juego les parecía clara.

En la cuarta figura, dispuse las cerillas en círculo, en el sentido de las agujas del reloj. Al unísono, todos mis amigos anunciaron la cifra del número cinco. Era exacto.

Dispuse entonces dos de las cerillas en sentido inverso, dejando las otras tres en su posición. Todo el mundo gritó: ¡uno, uno... es la cifra uno! Tres menos dos igual a uno.

El juego parecía fácil y mis amigos me preguntaban en qué podía representar el psicoanálisis. ¿Se trataba trivialmente de una lógica del sentido?

No más apuestas...

A partir de aquí, las cosas se complicaron. Ninguno de mis amigos encontró la cifra que representaba las cinco cerillas dispuestas en forma de rombo. Tampoco nadie encontró la respuesta cuando éstas estuvieron colocadas como si fueran una rueda de bicicleta.

Una cierta perplejidad se apoderó de la atmósfera reinante. ¿Qué había sido de esta lógica del sentido descubierta por mis amigos y que ahora parecía abandonarles?

Las figuras se sucedieron; la forma de disponer las cerillas se fue haciendo más complicada cada vez, y ya nadie estaba conforme con los primeros razonamientos ni con las primeras deducciones.

Dispuse de nuevo las cerillas en forma de círculo, en el sentido de las agujas del reloj. Como esta figura ya había salido, mis amigos respondieron con alivio que la cifra número cinco.

Cuando les respondí que se trataba del número dos, la perplejidad dio paso al desconcierto. ¿Cómo una misma figura podía representar dos números distintos? Esto les parecía totalmente ilógico.

Algunos de mis amigos abandonaron, mientras otros hicieron un nuevo llamamiento a la razón. Después de todo, existen algunas palabras que pueden tener dos significados diferentes; incluso, en palabras antiguas, ese significado puede ser opuesto.

Entonces, ¿por qué no las cifras chinas? Para alguno de mis amigos, era la serie de figuras la que determinaba la solución, independientemente de la forma particular dada cada vez a las cerillas. Dicho de otra manera, después de la cifra cinco, siempre se presentaba la número tres. O bien, después de una serie de dos a tres cifras, yo anunciaba siempre la misma respuesta.

11

EL PSICOANÁLISIS

Esta nueva llamada a la razón les tranquilizó, y así ellos me pidieron que continuara el juego.

Las figuras siguientes tuvieron un efecto de desconcierto total: ninguna lógica les ayudaba ya a encontrar una solución [2].

La inquietud se adueñó de mis amigos, que no se podían ya estar quietos. Algunos se levantaron para parar el juego; otros cambiaron de sitio.

De repente, los ojos de uno de mis amigos se pusieron a brillar. Me miraba con aire incrédulo. No se atrevía siquiera a anunciar que había entendido. Terminó por decir la cifra correcta y, a partir de entonces, no se volvió a equivocar.

Progresivamente, cada uno a su ritmo, mis amigos se fueron dando cuenta de la simplicidad de la solución: mientras tenían la vista fija sobre las cerillas, fascinados por las diferentes formas que tomaban y bajo la presión del pensamiento lógico, mis amigos no veían que, treinta centímetros por detrás, yo les indicaba, con los dedos de mi mano derecha apoyada en el suelo, el número que ellos debían adivinar.

Chawki Azouri

---

[2] Este ejemplo induce a pensar que no existe lógica o ley alguna del pensamiento que dé cuenta de la solución buscada, sino que esta respuesta se halla simplemente en otra parte y su conexión con lo que observamos en el lugar de las cerillas es meramente azarosa o aleatoria. Quizá ello sea así en la lingüística de Saussure, donde la relación entre el significante visible de las cerillas (la palabra *mesa*) y el significado buscado al que alude, la cifra china correspondiente (o el mueble *mesa* de mi comedor), es puramente arbitraria, convencional. Esta conceptualización estructural de la lingüística ha jugado un importante papel en la teorización lacaniana.

No obstante, Freud pone mucho más cuidado en definir y describir unas leyes de transformación, o de traducción, de un espacio que no se ve, el de los dedos, el del significado inconsciente que llamará «contenido latente del sueño», a otro espacio visible, el de las cerillas, el de la consciencia que, en ese momento (Freud, 1900), se llama «contenido manifiesto del sueño». Incluso el conjunto de leyes (condensación, desplazamiento, miramiento por la figurabilidad y elaboración secundaria) recibe un nombre: «trabajo del sueño», lo que permite hablar de una lógica del inconsciente. Gracias a la existencia de esta lógica interna podemos decir que la interpretación psicoanalítica aspira a ser científica; sino, sería un nuevo juego de dados. (N. del A.)

I
PREHISTORIA DEL PSICOANÁLISIS

Las diferentes rupturas con el saber constituido

Lo asombroso del juego de las cifras chinas descrito en la introducción es la simplicidad de su solución. Está ahí para quien quiera verla, pero nadie la ve. La solución está simplemente descentrada respecto a la colocación de las cerillas. La respuesta no está allí hacia donde miran los jugadores. Está en otra parte, y esa otra parte está, sin embargo, cerca. Está a algunos centímetros y, por tanto, nadie la ve. Todo el mundo está ocupado buscando alguna otra lógica, del sentido o del razonamiento. Esta ocupación está favorecida por la fascinación que ejerce la forma y colocación de las cerillas. Los jugadores, cuando descubren que la solución al juego pasa por otra parte, experimentan un desencanto, una desilusión de la misma importancia que la febrilidad que les había acompañado en sus pesquisas.

Descubriendo el inconsciente y constatando la resistencia que provoca su descubrimiento, Freud llegó en 1917 a una deducción. Y así, si con Copérnico y Darwin la humanidad había sufrido dos heridas narcisistas, la tercera le fue infligida por el psicoanálisis.

Nosotros podemos ahora efectivamente constatar que, en el tercer caso, se trata, sobre todo, de una descentralización insoportable para el espíritu humano. Copérnico demuestra que la Tierra es más pequeña que el Sol y que además gira alrededor de él y no al contrario. Darwin propone una continuidad filogenética que hace del mono un antepasado del hombre. Freud, en fin, descubre que la conciencia no es el lugar que determina y causa el comportamiento, el pensamiento y el lenguaje humanos. Es el inconsciente el verdadero centro del pensamiento del hombre. Esta tercera herida narcisista provoca una serie de rupturas con los saberes constituidos.

Ruptura con la psicología y la filosofía

Después de constatar la primacía del otro lugar, además descentrado, y enunciando que «el yo no es el maestro de su morada», el psicoanálisis no puede más que resultar antipático a la psicología, quien, por su parte, afirma que en lo referente a ella lo primordial es la consciencia, y encuentra, como dice Freud, que «la noción misma del psiquismo inconsciente es contradictoria». Para el psicoanálisis, la noción del *sujeto pensante*, propia de la filosofía, es radicalmente subversiva. Esta subversión encontrará su desenlace, su resultado, con Lacan. Ya no es el sujeto de la consciencia quien piensa, sino que este sujeto es pensado en otra parte. Este lugar es aquel del Otro donde el saber inconsciente es rechazado. El sujeto se define por su relación con ese otro lugar, y así Lacan hablará del sujeto dividido, incompatible con el sujeto de la filosofía clásica.

El juego de las cifras chinas nos da una buena idea de la ilusión por encontrar un centro, ilusión en la que la psicología está encerrada. Como los jugadores fascinados por las cerillas, el psicólogo está preso en una lógica unificadora que ignora la división del sujeto y que no ve que lo que se dice a través de la forma que toman las cerillas está pensado en otro lugar, y ello

15

EL PSICOANÁLISIS

sin ninguna referencia de sentido.

Dicho de otra forma, el inconsciente, el Otro, puede jugar con las palabras tal y como él las oye, a la manera de un niño que se divierte y que no respeta la seriedad de los adultos, seriedad que está aquí representada por la lógica del sentido, común y convencional, de las palabras que utilizan los hombres entre ellos para entenderse. El psicoanálisis permitirá descubrir este lenguaje olvidado, reprimido, pero en cualquier caso siempre activo.

Volviendo a Freud, y tras enunciar que este lenguaje no está hecho para la comunicación, Lacan acentúa esta herida narcisista, proponiendo como nueva aportación teórica que «el inconsciente está estructurado como un lenguaje». El inconsciente está en las palabras. No está ni escondido ni enterrado. «El inconsciente no tiene profundidad», nos dice Lacan. Como en el juego de cifras chinas, está aquí para aquellos que quieran verlo. Pero, justamente, nadie quiere verlo, nadie puede verlo. Como al Sol, no se puede mirarlo de frente. Se corre el riesgo de quedar cegado, como Edipo.

Al mismo ritmo que los jugadores fascinados por las cerillas, el paciente que viene al análisis se tomará el tiempo necesario para desplazar su mirada y para darse cuenta de que el enigma que trata de resolver, el enigma planteado por su síntoma y por el cual ha iniciado un análisis, no estaba ni enterrado ni escondido. Estaba ahí mismo, presente a través de las palabras que utilizaba para explicar su sufrimiento.

El analista, cuya función primera ha de ser la paciencia, debe dejar al paciente el tiempo necesario para que éste vea, comprenda y concluya. Estos tres tiempos lógicos, definidos por Lacan, acompasan la duración del análisis así como el tiempo de ciertas secuencias completas donde el paciente comprende lo que acaba de ver y alcanza una conclusión. Estos tiempos nos permiten ya percatarnos de por qué el análisis dura tanto.

La ruptura con la hipnosis

Una de las razones de la actual vuelta a la hipnosis radica en el reproche que normalmente se le hace al análisis de que dura demasiado tiempo. Ahora bien, el analista que cediera a este reproche y recurriera a la hipnosis se comportaría como un conductor de juego impaciente, que no soportaría el tiempo que se toma uno de los jugadores para fijar las cerillas, para buscar la solución en su mismo sentido y para encontrar apoyo en la lógica. Él llegaría a coger la cabeza de su jugador para volverla del lado de los dedos de su mano. Sería como si le dijera: «En fin, esto es lo que pasa». Si se comportara así, el analista daría un salto de noventa años hacia atrás para reencontrar la práctica de la hipnosis.

Como veremos algo más tarde, si la hipnosis fue necesaria para dar nacimiento al psicoanálisis, si fue gracias a la hipnosis como Freud pudo salir del discurso médico y sospechar la existencia del inconsciente, fue también la ruptura de Freud con la hipnosis lo que permitió al paciente consolidar los logros que el conocimiento del inconsciente le pudiera haber procurado.

Que se vuelva actualmente a la hipnosis como la solución que permite acelerar el tiempo necesario para un análisis pone en realidad de manifiesto una nueva forma de resistencia al análisis.

El terapeuta que recurre a la

hipnosis o a la sugestión retoma el lugar, la posición del maestro que sabe y que dispone de su sabiduría. Él se comporta como un maestro que se sitúa en el lugar de su paciente, quien por su parte no lo sabe. El efecto inmediato de este discurso es el de reconfortar al paciente dentro de sus propias resistencias: «Yo no sé de dónde me viene mi malestar», dirá. «Como él (mi terapeuta) lo sabe —dado que me indica de forma inmediata cuál es la solución—, la causa de mi enfermedad me es, por tanto, externa», pensará sin saberlo, en su ignorancia. «Dado que mi malestar no procede de mí, yo no pinto aquí nada».

El lazo que se establece con el terapeuta, puesto en el lugar del Otro todopoderoso, no está preparado para romperse. Como veremos, si la suposición de un saber del analista es necesario para el desarrollo del análisis, provocando este fenómeno conocido en lo sucesivo bajo el nombre de transferencia, la especificidad propia del psicoanálisis reside tanto en el análisis como en el desenlace o solución de esta transferencia. Y no es porque el análisis de la transferencia quede incompleto, provocándoles a los propios analistas para con ellos mismos y entre ellos un odio pasional y un amor sin fin, por lo que se justifica el retorno a la hipnosis.

Muchas de las nuevas terapias se inspiran o se basan en la hipnosis y la sugestión para obtener algún tipo de acceso directo al lugar de la verdad. La especificidad del análisis reside, al contrario, en el respeto de la división del sujeto.

La ruptura con la medicina

El discurso médico se fundamenta sobre la exclusión radical del inconsciente. No tiene sentido para el médico ocuparse de aquello que pasa en un lugar donde los dedos del director del juego indican la solución al enigma del síntoma. Para sanar una infección intestinal, el médico debe, en primer lugar, diagnosticarla. El médico tiene mucha más necesidad de signos que de síntomas. Él no necesita saber qué fantasía, más o menos consciente, o qué fantasma ocupaba al paciente en el momento en el que el dolor se desató. Para él, el signo clínico hace una inmediata referencia a una causa anatómica, histológica o bioquímica. El cuerpo no funciona ya normalmente, lo que provoca la aparición de un signo clínico que permitirá al médico, a cambio de identificarlo, el saber a partir de qué nivel el cuerpo ya no funciona más.

Para el analista, el síntoma hace referencia al sujeto: le representa. A través de su síntoma, el paciente trata de formular una verdad que se le escapa, pero que insiste, sin embargo, por hacerse entender. Ahora bien, esta verdad es insolente, escandalosa, dado que trastorna, turba el orden establecido del saber. Y, en primer lugar, el del propio conocimiento del sujeto, quien tiende siempre a rechazarla, a olvidarla, dado que esta verdad es insostenible. Y es insostenible dado que recubre el sexo. Esto es lo que Freud terminó por entender a través de los síntomas de los histéricos. Esto hablaba de sexo, pero por detrás de los propios pacientes, sin saberlo ellos mismos.

Ahora bien, para que esta ignorancia no atañera a la consciencia, no la perturbara, ha sido necesario durante siglos «ayudar» a los pacientes a reprimirla. Este fue el rol de todos los saberes establecidos que han combatido la histeria, siendo hoy la medicina el último bastión de esta lucha. A pesar de las apor-

EL PSICOANÁLISIS

taciones del psicoanálisis, la medicina continúa medicando a los histéricos.

Para comprender las razones de esta resistencia al análisis, que no ha cambiado fundamentalmente después de casi cien años, es importante inclinarse sobre los obstáculos que Freud encontró en su camino, y subrayar que estos obstáculos, estas resistencias estaban, en primer término, entre los suyos. Únicamente, y puede que sea esto el factor fundamental del descubrimiento freudiano, Freud identificó, en el propio movimiento donde descubrió el inconsciente, la fuerza que le empujaba a sí mismo a no descubrirlo.

Esta resistencia al inconsciente tomó en Freud diferentes formas, incluyendo la forma teórica, como veremos con la teoría de la seducción.

Incluso aquellos que estaban más cerca del camino que tomó Freud, como Charcot o Breuer, después de descubrir el origen sexual de la histeria, y probablemente porque lo descubrieron, retrocedieron ante este fenómeno, como en el caso de Breuer, o bien no lanzaron hacia adelante sus investigaciones, como Charcot. De hecho, Breuer tenía la costumbre de decirle a Freud, a propósito de la histeria: «Se trata siempre de secretos de alcoba». Igualmente, Charcot murmuraba a sus alumnos: «Es siempre la cosa genital, siempre, siempre...».

Cuando Freud cuenta esto, subraya su sorpresa y su incredulidad ante las revelaciones de sus maestros y llega incluso a «censurar su cinismo». Es éste el punto más importante del descubrimiento freudiano, que nos permite comprender cómo cada paciente debe rehacer su descubrimiento, y también nos permite entender la especificidad del psicoanálisis en tanto disciplina que no puede ser transmitida en los bancos de la universidad. Cada analista debe situarse, como lo hizo Freud en el origen, como paciente y así reinventar y reproducir el descubrimiento freudiano. Esto fue lo que le hizo decir a Lacan: «El psicoanálisis es intransmisible... Cada psicoanalista está obligado a reinventar el psicoanálisis».

He aquí a Freud en presencia de un saber que en primer lugar va a rechazar, para posteriormente y muy pronto redescubrirlo como un saber que le era propio. Y si él rechazó este saber con horror, fue claramente porque se trataba de un saber sobre el sexo. No será hasta bastantes años después, cuando Fliess le hable de la bisexualidad, presente en todo ser humano, cuando Freud reconozca que su aversión neurótica por la concepción de Fliess estaba «justamente dirigida contra la idea de la bisexualidad a la que imputamos las tendencias a la represión».

Constatamos, por tanto, en Freud un primer movimiento de retroceso, de resistencia contra la concepción del origen sexual de las neurosis, porque se trataba de hecho del origen sexual de la neurosis del propio Freud. Como cualquiera de los jugadores delante de las cerillas, Freud, en primer lugar, desvió su mirada del lugar que ocupaba la verdad. No vio la verdad hasta el momento en que la investigación de su propio inconsciente le tomaba la delantera a su propia elaboración teórica del inconsciente en general. Así, Freud pudo decir del saber que le fue transmitido por Breuer y Charcot que «él había asimilado sus transmisiones idénticas, sin comprenderlas, y éstas se habían despertado en él a lo largo de los años, para revelarse un día como una concesión original que le pertenecía en propiedad».

En relación a otras disciplinas, y si debemos situarlo relativamente respecto al juego de las cifras chinas, el psicoanálisis estaría del lado de una línea divisoria, de una barra que separara las cerillas de los dedos. El psicoanálisis respeta la división que habita en el sujeto y que le vuelve ciego al saber inconsciente que lo determina.

Si la filosofía, las humanidades y la medicina se fundamentan sobre un rechazo de la división del sujeto en la ilusión de un centro que estaría del lado de las cerillas; si la hipnosis y las terapias modernas que la utilizan van directamente a los dedos de la mano no respetando el tiempo necesario del sujeto para llegar a su propio saber inconsciente, la especificidad del psicoanálisis reside en el respeto del tiempo necesario del sujeto para encontrarlo [3]. Si no, no hay ni curación ni transmisión de la teoría analítica.

El reencuentro con Charcot: la hipnosis

Antes de ir a París, en octubre de 1885, Freud había hecho unas prácticas de psiquiatría en el servicio de Meynert en Viena y una sustitución en un asilo psiquiátrico privado. Allí se practicaba la hipnosis de forma accesoria. Pero fue su reencuentro con Charcot lo que trastornó completamente su acercamiento a la histeria, y constituyó, por así decirlo, el elemento primordial de la prehistoria del psicoanálisis.

Desde un punto de vista personal, Freud estuvo profundamente marcado por la personalidad de Charcot, hasta el punto de escribir a su prometida que ningún otro ser humano le había afectado jamás de la misma manera. De esta forma, a medida que avanzaba y se desarrollaba su estancia práctica en Salpêtrière, Charcot se le aparecía cada vez más y más extraordinario. Freud estaba «feliz de ser el subordinado de este hombre», a quien deseaba poder parecerse algún día. Paralelamente, Freud empezaba a dudar de sus propias cualidades. Se preguntaba cómo había podido desear ser un genio y, siempre a su prometida, escribía que «no soy ni siquiera muy dotado», y que su capacidad de trabajo residía sobre todo en «el carácter y en una ausencia de deficiencias intelectuales marcadas». Podemos ver en esta idealización de Charcot, opuesta al sentimiento por el que Freud se subestimaba a sí mismo, las premisas de lo que será algunos años más tarde la primera transferencia, la transferencia original sobre Fliess.

Pero la relación de Charcot con sus histéricos debía llevar a Freud, en este mismo movimiento de admiración a su maestro, a identificarse también con sus pacientes. Octave Mannoni nos ha enseñado a reconocer esta identificación como otro elemento primordial de esta mezcla explosiva, que llevará a

---

[3] Y el sujeto puede encontrar ese camino que le lleva de un lugar de la consciencia a otro lugar del inconsciente si da, no sólo con esas leyes de transformación de los productos de uno en los de la otra, sino también y fundamentalmente con los motivos que hacen esa traducción necesaria, motivos de índole afectiva y estrechamente ligados a la sexualidad. Resueltos estos últimos, lo que marca el ritmo y la curación de la cura, la traducción se vuelve diáfana por innecesaria. (N. del A.)

EL PSICOANÁLISIS

Freud a descubrir el psicoanálisis.

Freud sufría problemas psicosomáticos y se autocalificaba de neurasténico. Este sufrimiento era necesario a la hora de escuchar y comprender el sufrimiento de los otros. Pero no se trataba de una simple compasión. Este sufrimiento no era el estigma de una enfermedad cualquiera, en el sentido en el que se entendía normalmente en la medicina. Era el producto de la división del sujeto, el efecto de un conflicto psíquico interno. Ahora bien, si Freud era aún incapaz de darse cuenta del origen de su sufrimiento uniéndolo a una división de su psiquismo, sí podía, sin embargo, comenzar a constatar en los histéricos de Charcot los efectos de esta división.

Para sus demostraciones, Charcot ponía a sus pacientes en un estado de hipnosis similar al sueño. Podía entonces sugerirles comportamientos y síntomas que otros pacientes sufrían. Podía, por ejemplo, provocar parálisis o cegueras. Toda la panoplia de problemas histéricos podían asimismo ser reproducidos. Charcot hacía también la demostración de que, bajo hipnosis, los síntomas histéricos podían ser sanados.

Después de constatar que Charcot podía provocar y anular los síntomas con el solo efecto de sus palabras, sin que los pacientes guardaran ni el mínimo recuerdo, Freud supuso la existencia de un pensamiento «separado de la consciencia... sin que mi yo sepa nada ni sea capaz de intervenir para impedirlo».

Aunque nada anunciaba aún el descubrimiento del inconsciente, se puede constatar, sin embargo, que esta separación de la consciencia, lo mismo que la fuerza que Freud suponía a la parte separada, constituye, por así decirlo, el nacimiento del concepto del inconsciente. A pesar de que Freud no concebía aún esta parte separada como algo común entre los hombres normales, ya no podía mirar y estudiar a los histéricos como antes.

Si las palabras del hipnotizador tenían tal efecto somático, si el cuerpo podía reaccionar de tal forma bajo los efectos de un pensamiento olvidado, se tenían las bases elementales para abordar en lo sucesivo la histeria desde un ángulo científico y acercarse a lo que sería ulteriormente conocido bajo el término de conversión, conversión de lo psíquico a lo somático. Freud dará ese paso, pero será necesario el interés y el trabajo preliminar de Charcot para que la histeria se vuelva creíble.

Freud no dejó de comparar la autoridad de Charcot interviniendo en «favor de la autenticidad y la objetividad de los fenómenos histéricos» a la acción histórica de Pinel, quien liberó a los «alienados» de sus cadenas. También el reencuentro entre estos dos hombres puede ser considerado como el momento álgido de la prehistoria del psicoanálisis.

El trabajo con Breuer

El profesor Joseph Breuer, unido por amistad con Freud desde hacía una decena de años, le había hablado de un caso de histeria en 1882, es decir, tres años antes de su viaje a París. A pesar del desinterés de Charcot por este caso, Freud, de vuelta a Viena, pidió a su amigo informaciones más amplias. Vivamente interesado por el caso de Anna O., Freud persuadió a Breuer para

PREHISTORIA DEL PSICOANÁLISIS

colaborar con él en lo que sería su *opera prima* común: *Estudios sobre la histeria*. Pero antes de esto, Freud había afrontado un período de soledad extrema en el acercamiento y el tratamiento de sus pacientes.

Después de su estancia en París, Freud se instaló como neurólogo privado. Los pacientes de quienes se ocupaba eran rechazados por su colegas médicos. Nadie quería a esos histéricos que desconcertaban, desencaminaban la medicina, dado que presentaban síntomas que no tenían ningún respeto por la anatomía y, por tanto, por la propia medicina.

Para curarles, Freud tenía a su disposición dos medios técnicos: la electroterapia y la hipnosis. Muy deprisa, abandonó el primero de ellos «antes incluso que Moebius hubiera proferido sus palabras liberadoras: el éxito del tratamiento —cuando se presenta— no se debe más que a la sugestión médica».

Podemos pensar que este período está totalmente caduco. Desgraciadamente, muchos médicos continúan tratando a los histéricos sin darse cuenta de que el principal resultado que obtienen se debe a la sugestión —muy frecuentemente involuntaria— que ellos ejercen sobre sus pacientes, gracias al resorte esencial que es la transferencia.

Pero, en 1885, Freud no había todavía identificado lo que sería más tarde el motor principal del análisis, la transferencia, y así continuaba practicando, como medios terapéuticos, la hipnosis y la sugestión. Él mismo reconocía el lado fascinante de la hipnosis y el sentimiento de pleno poder que ésta puede procurar. Como, por otro lado, los psiquiatras continuaban desdeñando y considerando por igual la hipnosis, la charlatanería, a los histéricos y a los médicos que se ocupaban de ellos, Freud debía progresivamente lograr su ruptura con la ideología médica.

Conociendo que en Nancy, Bernheim y Liébault utilizaban la sugestión, con y sin hipnosis, para fines terapéuticos —algo que no había aprendido con Charcot—, Freud hizo allí unas prácticas de algunas semanas durante el verano de 1889.

Lo que había constatado cerca de Charcot se confirmó más ampliamente durante su estancia en Nancy: Freud recibió «las más fuertes impresiones relativas a la posibilidad de existencia de potentes procesos psíquicos presentes, aunque ocultos a la consciencia de los hombres».

Durante los cuatro años que separaron los dos viajes a Francia, Freud había, sobre todo, experimentado la hipnosis con fines de investigación. Lo que buscaba se refería a la historia y gestación de los síntomas histéricos, y reconocía haber rastreado en esta dirección bajo la influencia del doctor Breuer. Freud había conocido a Breuer cuando aún estaba en el laboratorio de Brücke. Hombre de prestigio como el que más en Viena, tenía catorce años más que Freud. Les unió una gran amistad, y Breuer ayudó mucho a Freud en los planos tanto material como científico. En la relación íntima entre estos hombres, Freud debía también admirar mucho a Breuer, lo que le hizo muy sensible a su influencia. Pero si en la relación con Charcot, lo mismo que con Breuer, Freud nos muestra bien su disposición a la transferencia, no será con esta amistad con la que tendrá la ocasión de descubrir la esencia misma del fenómeno. Es en la relación de Breuer con Anna O. en la que Freud tuvo, por primera vez, el tiempo disponible para observar lo que posteriormente será teorizado bajo el término de transferencia y contratransferencia.

21

EL PSICOANÁLISIS

De forma enigmática, Breuer guardaba silencio sobre el resultado del tratamiento que había emprendido con su paciente. No tenía tampoco intención de hacer públicos los resultados de sus observaciones.

Para Freud, la observación de Breuer era inapreciable, de gran valor, pero para ser creíble desde un punto de vista científico, no se podía quedar en este único caso: había que confirmar la experiencia de Anna O. con otros casos similares. Esto fue lo que le empujó a no buscar más que en este sentido.

Breuer había curado y sanado a Anna O. de parálisis, de contracturas, de inhibiciones y de alteraciones de la consciencia. Bajo hipnosis, la paciente recordaba todo lo que se refería a sus síntomas. En estado de vigilia, consciente, no era capaz de decir nada más. Breuer llamaba a estos estados de consciencia estados hipnoides [4]. Parecía que detrás de cada síntoma había un recuerdo particular había sido retenido, olvidado, y a través de estos estados hipnoides, el hecho de recordar aquéllos provocaba la curación del síntoma. Esta rememoración se acompañaba de una liberación de *afecto*, y Breuer llamaba a este método catarsis o purga. La paciente le dio el nombre de *deshollinamiento*. Más tarde, Anna O. bautizó su cura con Breuer como *Talking Cure*, cura por la palabra, dando de este modo la más bella definición del psicoanálisis como terapéutica. Más tarde, los hallazgos de los pacientes, más en particular de las histéricas, debieron poner a Freud sobre la pista de sus principales conceptos, lo que hizo decir a Lacan que «Freud forjó sus señas de identidad en el deseo de las histéricas» [5].

El método catártico, en la medida que no emplea más la sugestión para sanar el síntoma y deja al paciente libre de decir lo que quiera, se puede considerar como el origen del psicoanálisis.

Sin embargo, dos nociones esenciales están ausentes en la concepción de Breuer: la represión y la sexualidad.

Si Breuer no sabía realmente lo que provocaba los estados hipnoides, por qué la consciencia estaba de esa forma separada, de dónde procedían esos pensamientos inconscientes y qué era lo que se podía encontrar bajo la hipnosis, Freud estaba ya sobre la pista. Y precisamente en el mismo lugar donde la actitud de Breuer, quien no quería saber, le parecía enigmática.

Dos elementos clínicos fueron a asociarse para indicarle el camino a Freud.

En la historia de Anna O., hubo un suceso de importancia capital. En la cabecera de su padre enfermo, la paciente de Breuer dejó entender que «ella quería esconder a su padre su estado de agitación y, sobre todo, su ternura o cariño inquieto hacia él». En el lugar del pensamiento o del impulso rechazado habían aparecido más tarde los síntomas histéricos.

Si Freud había comenzado por suponer que los pensamientos o

---

[4] Estado hipnoide: estado de consciencia que se caracteriza porque el sujeto parece estar consciente y despierto, pero posteriormente no recuerda lo acontecido durante dicho período; también se han denominado estados disociativos, segundos, o de doble consciencia. (N. del A.)

[5] «Emmy von N. me dice, con expresión de descontento, que no debo estarle preguntando siempre de dónde viene esto y esto otro sin dejarle contar lo que tiene que decirme. Yo convengo en ello». «Miss Lucy R. no cayó sonámbula cuando intenté hipnotizarla. Renuncié entonces al sonambulismo e hice todo el análisis con ella en un estado que se distinguiría apenas del normal» (Freud, Breuer, 1895). (N. del A.)

impulsos en cuestión tenían una cierta connotación sexual, lo que precipitó su convicción fue un fenómeno justamente de orden *transferencial*, y delante del cual Breuer había retrocedido. Una vez que los síntomas de Anna O. habían desaparecido y que ella estaba, por así decirlo, curada, una tarde Breuer fue llamado de urgencia a su cabecera. Ella estaba en un estado de confusión y sufría de violentos dolores uterinos. Breuer la interrogó y obtuvo de ella estas palabras extraordinarias para la época: «Espero al niño que tengo del doctor Breuer».

En su carta del 2 de junio de 1932 a Stefan Zweig, Freud aporta precisiones sobre estos instantes emocionantes que fueron el origen de su descubrimiento. Es la conjunción de estos dos elementos la que puso a Freud sobre la vía del origen sexual de los problemas histéricos. Y fueron, en cierta forma, las reticencias de Breuer —hoy diríamos sus resistencias— a recordar el fin del tratamiento de Anna O. los indicadores determinantes. Delante de la llave que tenía en la mano para forzar sus propias resistencias y descubrir la etiología sexual de las neurosis, al igual que la naturaleza del fenómeno hipnótico, Breuer huyó y abandonó a Anna O. Freud, por su parte, estaba delante del suceso primordial que iba a caracterizar el tratamiento analítico: el amor de transferencia.

¿Qué es lo que permitió a Freud forzar sus propias resistencias?

En su *Presentación autobiográfica* (1925), Freud cuenta cómo su experiencia se había enriquecido a través de una historia clínica que no era únicamente la de la histeria, sino también la de la neurastenia. Como él se autocalificaba de neurasténico, vemos bien que la investigación del psiquismo de sus pacientes se acompañaba de una investigación sobre sí mismo. Fue seguramente esto lo que le ayudó a comprender el sentido sexual de los síntomas, pero también la dimensión transferencial de la relación terapéutica.

El día en que una de sus pacientes le «echó los brazos alrededor del cuello», al despertar de una sesión de hipnosis, Freud tuvo, nos dice él mismo, «el espíritu lo suficientemente frío, en tanto que él acababa de sanar sus males con dificultad, para no colocar este suceso en la cuenta de mi irresistibilidad personal».

Podemos nosotros añadir que este «espíritu suficientemente frío» constituye la exigencia que uno tiene cara a cualquier analista, y es por lo que el análisis de un analista es una condición necesaria para que éste pueda analizar a sus pacientes [6]. Antes de ser analizado, y por tanto desatado, el amor de la transferencia debe llegar en la cura como condición de su desarrollo.

Respecto a Freud, si no podía todavía establecer de forma precisa el lazo de unión entre los efectos de la investigación que desarrollaba sobre sí mismo y la distancia que mantenía frente a la transferencia de su paciente, sí había captado «la naturaleza del elemento místico agitándose detrás de la hipnosis», y, «con tal de apartarlo o al menos de aislarlo», decidió abandonarla. Veinticinco años más tarde, Freud comparó el estado amoroso con la relación hipnótica donde el hipnotizador es puesto en el lugar del ideal del yo.

Freud abandonó, por tanto, la

---

[6] No obstante, ello queda como una de las grandes cuestiones de la práctica psicoanalítica, dado que se trata menos de la *irresistibilidad personal del analisis* que de su implicación en la relación transferencial. (N. del A.)

EL PSICOANÁLISIS

hipnosis para separar o aislar el elemento amoroso que se agitaba detrás. Pero como la hipnosis proporcionaba grandes servicios en la investigación psíquica de pacientes, «poniendo a su disposición un saber del que ellos no disponían en el estado de consciencia», y para prevenirse frente a las dificultades que irían surgiendo, Freud recordó que, en Nancy, Bernheim estaba persuadido de que el saber obtenido bajo la hipnosis era de hecho conocido por sus pacientes. En efecto, ya que, después de las sesiones de hipnosis, Bernheim empujaba a sus pacientes a recordar, persuadiéndoles de que ellos estaban en posesión de estos recuerdos. Para ayudarles les colocaba la mano sobre la frente, y «los recuerdos olvidados realmente volvían».

Freud decidió hacer lo mismo. Pasando él mismo por esta etapa de la imposición de las manos sobre la frente, abandonó la hipnosis por aquello que iba a resultar ser el método psicoanalítico de investigación del inconsciente. Freud conservó de la hipnosis la posición del «paciente estirado sobre una cama de reposo detrás del cual se sentaba, lo que le permitía ver sin ser visto».

La investigación de los recuerdos olvidados de los pacientes era posible, por tanto, sin hipnosis, pero gracias, sin embargo, a aquello que había podido ser descubierto desde el empleo de este método por Breuer: la asociación libre de ideas que el paciente se debía decir a propósito de todo lo que concernía a su síntoma.

En cuanto al amor de transferencia, llegaría a ser a lo largo de la historia del psicoanálisis el elemento motor y el principal obstáculo en esta investigación del saber olvidado. Porque temía los desbordamientos pasionales de Anna O. y retrocedía detrás de este fenómeno capital, Breuer, a su manera, había puesto a Freud sobre esta pista.

II
EL NACIMIENTO DEL PSICOANÁLISIS

El encuentro con Fliess

«Transferimos sobre ellos (los profesores) el respeto y las esperanzas que nos inspira el padre omnipotente de nuestra infancia y nos disponemos a tratarlos como tratamos a nuestros padres en casa».

Totalmente fuera de su contexto, esta descripción que da Freud sobre la actitud del estudiante frente a sus profesores (citada por M. Robert) muestra bien cómo el propio resorte del análisis, la transferencia, está determinada por la relación del sujeto con el saber. La omnipotencia (omnisciencia) del padre nos inspira respeto y esperanza, sentimientos que volvemos a encontrar en presencia del médico, por ejemplo. Pero podemos también transferir estos sentimientos sobre el párroco o cualquier otra persona que pueda hacernos recordar esta omnipotencia (omnisciencia) del padre. Hemos visto cómo éste había sido el caso en la relación de Freud con respecto a Charcot y con Breuer.

En lo que se refiere a Fliess, él estaba, por así decirlo, doblemente armado para presentarse a los ojos de Freud como el soporte de la transferencia, dado que, al margen de la otorrinolaringología, que era su especialidad, Fliess extendía su curiosidad al dominio fundamental de la sexualidad. Precisamente allí donde Charcot y Breuer, aun reconociendo su importancia, no querían saber nada.

Fliess se cuestionaba la sexualidad sin contar con el apoyo de la ciencia oficial, lo que se parecía a la manera en que Freud recordaba a las histéricas de Charcot, que desafiaban el saber médico y se reían de la anatomía mostrando que el cuerpo era en primera instancia el lugar del sexo y del goce.

Fliess, ese «medicucho», ese «acariciador de nariz», como le llamaba Lacan, era el más indicado para aparecer ante los ojos de Freud como un supuesto sabedor sobre sexo, algo que Freud planteaba, pero que aún no estaba preparado para admitir. Salvo «con sorpresa, incredulidad, incluso aversión», como él mismo dijo.

Freud reconoció ulteriormente estos sentimientos como el testimonio de su propia resistencia a la consideración de este saber sobre el sexo, y la aversión como el indicador más seguro de un deseo sexual inconsciente que no puede explicarse de ninguna otra manera que no sea bajo una forma inversa.

Pero, contrariamente a Charcot y, sobre todo, a Breuer, Fliess iba a escuchar a Freud. Iba a escucharle desarrollar sus ideas e hipótesis más atrevidas y osadas, permitiéndole progresivamente transferir sus propias representaciones inconscientes, sus propias palabras, sus propios significados de un lugar que le era inaccesible, el lugar del Otro, el inconsciente, hacia un lugar donde aquello se volvía accesible, subjetivable.

Como deberían ser los analistas a la hora de escuchar a sus pacientes, Fliess no oponía a la imaginación de Freud más que una resistencia ínfima, encarnando, según la expresión de D. Anzieu, el «polo de la mínima resistencia».

Pero ¿quién era entonces Fliess?

Otorrinolaringólogo, Wilhelm Fliess estaba instalado en Berlín y conoció a Freud en sus prácticas de 1887. Los dos médicos estaban al margen de la medicina oficial. Las ideas de Fliess, su interés por la sexualidad y su valor para defender sus hipóte-

EL PSICOANÁLISIS

sis incitaron a Freud a revelarle las suyas propias sin moderación.

Fliess abordaba la sexualidad a través de los ciclos biológicos, la periodicidad y la nariz. Pensaba que al lado de los períodos femeninos de veintiocho días, a los que corresponde la menstruación, otro período de veintitrés días determinaba, tanto en el hombre como en la mujer, muchos de los fenómenos periódicos. El desarrollo del organismo estaba determinado por esos períodos, lo mismo que el día del nacimiento del individuo, incluso el de su muerte. Fliess pensaba también que estos períodos determinaban los caracteres sexuales de los humanos. Su influencia sobre Freud era tal que este último creyó que su muerte le sobrevendría a la edad de cincuenta y un años (28 + 23). Freud trató también de introducir esta teoría de los períodos para la diferenciación que establecía entre la neurosis de angustia y la neurastenia.

Por otra parte, de las teorías de Fliess, la «neurosis nasal refleja», de la que Freud conservó restos en el modelo de desplazamiento simbólico, reagrupaba los síntomas «funcionales», digestivos, cardíacos y respiratorios. Freud acercó esta neurosis nasal refleja a lo que entonces llamaba neurastenia. Como se consideraba a sí mismo neurasténico, todas las condiciones se habían reunido para hacer de él el *enfermo* de Fliess. «Él sospecha que Fliess le esconde la enfermedad mortal que está esperando», y le demuestra su reconocimiento por haberle sanado de sus seudoproblemas cardíacos. Calificado de verdadero «golpe fulminante» por O. Mannoni, de «hechizo» por M. Robert, la relación de Freud y Fliess tenía todas las características de la relación analítica. Identificado como paciente de Fliess, sufriendo por no haber sido nunca entendido en la expresión de sus ideas referentes a la etiología sexual de las neurosis —que eran tanto el fruto de sus investigaciones sobre sus pacientes como de las que mantenía sobre sí mismo— y suponiendo a Fliess un conocimiento sobre el sexo mucho más amplio que el suyo, Freud se iba a encontrar inmerso en la primera relación de tipo analítico, que se instaló sin darse cuenta entre los dos protagonistas. La relación se mantuvo —desde 1887 a 1904—, y marcó a Freud de forma duradera.

Lo más sorprendente fue que esta relación se desarrolló sobre todo por correspondencia. Las cartas de Freud a Fliess se hubieran sin duda destruido, como lo fueron las de Fliess a Freud, sin la valentía y la perspicacia de una de las primeras alumnas francesas de Freud, Marie Bonaparte. En efecto, ella supo plantarle cara a Freud, que quería recomprárselas para destruirlas. Después de la muerte de Freud, estas cartas fueron censuradas por su propia hija, Anna, y por Ernst Kriss, y publicadas en *El nacimiento del psicoanálisis*[7].

De la segunda carta que escribió a Fliess (entre aquellas que han sido publicadas), podemos reseñar la sobrestimación que Freud le tiene: «No sé todavía cómo he podido lograr interesarte... escucho a veces hablar de ti, y naturalmente a propósito de cosas prodigiosas». Era el 28 de diciembre de 1887.

Progresivamente, Freud se instala en el amor de transferencia. Dos años más tarde, el 1 de agosto de 1890, escribió a

---

[7] En 1985 se han publicado completas, en Estados Unidos, recopiladas por J. M. Masson. (N. del A.)

EL NACIMIENTO DEL PSICOANÁLISIS

Fliess: «A pesar de todo, me siento muy aislado, científicamente entumecido, apático y resignado. Nuestra conversación, la buena opinión que demuestras tener de mí, me devuelve la fe en mí mismo. El pensamiento de tu confiada energía no ha dejado de impresionarme». Seis años más tarde, el 1 de enero de 1896, volvió a escribirle. «Seres como tú no deberían desaparecer jamás. Echamos de menos, hombres de tu especie. ¡Qué agradecimientos no te debo yo por el consuelo, la comprensión, la valentía que me aportas en mi soledad!; me has hecho asir el sentido de la existencia y, por último, me has devuelto la salud, algo que ningún otro hubiera podido hacer. Es antes que nada tu ejemplo el que me ha permitido adquirir la fuerza intelectual de fiarme de mi propio juicio...». Estos ejemplos son suficientes para mostrar cuánto idealizaba Freud a Fliess, cuánto sobrestimaba sus capacidades. Fliess, por su parte, iba a reconocer el valor de las hipótesis de Freud.

Este reconocimiento permitiría a Freud darse cuenta de que estas hipótesis no eran «locuras», dado que encontraban en Fliess una respuesta, un reconocimiento. Si el saber analítico, enraizado en la cultura de hoy en día, permite al paciente explicar sus ideas más descabelladas, podemos medir la importancia de la escucha y la comprensión de Fliess en la consideración de Freud en un momento en el que no solamente se tomaba a Freud como un teórico escandaloso, sino que también se le acusaba de charlatanismo.

Ante la importancia del auditorio que para Freud sólo representaba Fliess, sus encuentros fueron llamados *congresos*. Freud esperaba estos congresos con gran avidez, soportaba mal los períodos que los separaban y que él calificaba de «períodos de abstinencia». Encontramos aquí de nuevo el testimonio de una dependencia transferencial tal y como aparece regularmente en las curas psicoanalíticas. Los pacientes esperan las sesiones con una gran impaciencia y hallan a menudo un sentimiento de paz después de haber hablado a quien puede o sabe entenderles. «Después de cada uno de nuestros congresos —escribió Freud a Fliess—, me siento reconfortado para los siguientes meses: nuevas ideas han brotado, mi duro trabajo me ha proporcionado una nueva alegría, y mi esperanza intermitente de trazarme un camino en la jungla se ha puesto a brillar...». La importancia de Fliess es tal que equivale para Freud a todo un público: «Sin público soy incapaz de escribir, pero me siento perfectamente satisfecho de no escribir más que para ti...». Vemos, a través de algunas de estas cartas, la conjunción de estos dos ejes esenciales que van a determinar el nacimiento del psicoanálisis en los dos sentidos del término: el nacimiento del primer psicoanálisis y el nacimiento de la teoría psicoanalítica, el primero siendo la condición necesaria de la aparición del segundo.

El primer psicoanálisis, o análisis original, se parará con Fliess, en el momento de su ruptura con Freud. Pero recomenzará cuando Freud encontró otros dos públicos: un verdadero público, con la llegada de sus primeros alumnos en 1902-1903; y otro con Jung y Ferenczi, un público similar al que había representado Fliess, es decir, una relación transferencial, epistolar sobre todo, que permitió a Freud continuar «amando y odiando» a una misma persona, en el terreno en el que enunciará y elaborará su teoría.

EL PSICOANÁLISIS

Incluso si Freud habló de su análisis como de un autoanálisis, no hubo autoanálisis en el sentido correcto del término: «El autoanálisis es realmente imposible», escribió a Fliess el 14 de noviembre de 1897. Yo puedo analizarme únicamente por medio de lo que aprendo de fuera (como si yo fuera otro). Si fuera de otra manera, no habría enfermedad».

Esta precisión sobre la imposibilidad del autoanálisis es muy importante en dos sentidos. Nos permite comprender que, incluso para Freud, el lugar del Otro, el inconsciente, es directamente inaccesible. «Si no, no habría enfermedad», añade Freud, testimoniando que él reconocía la inaccesibilidad de ese lugar que le determina y que puede investigar únicamente porque se refiere a un Otro. Las palabras vienen a Freud, al sujeto Freud que habla desde otro lugar, el inconsciente. La transferencia de estas palabras de un lugar a otro es la condición del análisis, pero esta transferencia es sólo posible porque Otro está a la escucha: Fliess, Jung y, después, Ferenczi.

Esto aclara los *impasses* que ha conocido el movimiento analítico alrededor de cuestiones esenciales de la transmisión del psicoanálisis y de la formación de los analistas. Veremos más adelante cómo, pero señalemos ahora que el destino reservado a Fliess y a sus ideas da para mucho.

En efecto, como nos lo ha enseñado O. Mannoni, antes que aceptar la idea de que Fliess hubiera podido ocupar el lugar de analista de Freud los analistas prefirieron imaginar un autoanálisis para Freud, haciendo de él un padre autoengendrado. Fliess fue calificado de paranoico en la historia oficial del movimiento analítico, y sus ideas fueron descalificadas como si fueran delirantes. Sin embargo, la bisexualidad dio cuerpo a la idea de la homosexualidad, la periodicidad a la repetición, y Freud guardó de Fliess su observación primordial sobre el período de latencia que congela la sexualidad del niño desde los cinco años hasta la pubertad.

Podemos decir que sin la relación de Freud con Fliess el psicoanálisis no hubiera nacido. Durante los quince años que duró su historia, la fluctuación de la transferencia de Freud, su trabajo con los pacientes, su deseo de saber y su interés por el inconsciente a través de su expresión en la cultura de diversas civilizaciones permitieron a Freud llevar a cabo esta empresa extraordinaria que ha sido el análisis original y la producción progresiva de la teoría analítica.

La interpretación de los sueños

El análisis original de Freud con Fliess se hizo según tres ejes fundamentales sobre los cuales Freud recogía, con la mayor de las paciencias, las formaciones de su propio inconsciente: sus sueños, sus lapsus y actos fallidos y, en fin, sus chistes. Hay aquí, sobre todo en sus sueños y suscitados por su relación con Fliess, el testimonio más fiel de la presencia incontestable del inconsciente. Freud anotaba sus sueños, los describía, los interpretaba, y la mayoría de ellos se los enviaba a Fliess como único destinatario capaz de entenderlos. Publicando, en 1900, *La interpretación de los sueños*, obra primera que ha llegado a ser célebre en el mundo entero como el libro esencial del psicoanáli-

EL NACIMIENTO DEL PSICOANÁLISIS

sis, Freud da al lector un material inagotable para abordar sus propios sueños. Es posible decir que a partir de ese momento el psicoanálisis tomó dimensión pública. De hecho, gracias a este libro, poco leído al principio, los primeros alumnos de Freud se reagruparon en torno a él a partir de 1902.

Incluso si el psicoanálisis no es una ciencia, su transmisión por aquellos que han hecho la experiencia da la garantía de que no se trata de una ciencia oculta. Publicando sus sueños, Freud nos da un fantástico ejemplo de su necesidad. Mucho más en esa época hacía falta también superar el desprecio del mundo científico, que no podía dedicar sino un mínimo interés al sueño, considerado —incluso hoy por hoy— como un «sobresalto o un accidente de la vida psíquica, por lo demás adormecida». Dado su interés por los sueños, Freud reanudaba sus relaciones con las tradiciones antiguas, aunque rompiendo con la interpretación que éstas daban: la predicción del destino.

Como el síntoma, el sueño es una formación del inconsciente. El interés de Freud por el sueño se suscitó, en primera instancia, por el lugar que ocupaba en las asociaciones libres de los pacientes. El método, novedosamente utilizado por Breuer y Freud como el mejor medio de acceder a los recuerdos olvidados, llevaba invariablemente a los pacientes a hablar de sus sueños. Sin censurar a sus pacientes sobre aquello que «se les imponía» a ellos mismos en sus asociaciones libres, Freud se encontró en la necesidad, como ellos, de respetar el camino que les indicaban sus asociaciones.

Fue así como el sueño comenzó a tomar progresivamente la misma importancia que los síntomas neuróticos. Es también una formación del inconsciente.

Contenido manifiesto-contenido latente

Pero, a partir del contenido manifiesto, aparente, del sueño, los pacientes desembocaban en sus asociaciones sobre elementos que se les escapaban al principio, pero que se revelaban enseguida llenos de sentido. Progresivamente, estos contenidos latentes del sueño aparecieron como el elemento más importante, del cual el contenido manifiesto no sería más que una deformación, una fachada. Hace falta tener en cuenta que estos contenidos latentes eran pensamientos inconscientes, es decir, finalmente, un acto psíquico y no un accidente aparecido durante el sueño.

El sueño: la realización de un deseo inconsciente

Pero ¿por qué el sueño? ¿Qué es lo que le justifica? ¿Por qué un texto tan sin sentido en el nivel del contenido manifiesto y tan lleno de sentido en los contenidos latentes sobre los cuales desembocamos?

Tratando de responder a estas preguntas, Freud descubrió lo que él no tardó en llamar «la vía regia del psicoanálisis». Regia porque iba a desembocar directamente, después del análisis del sueño, sobre lo que le constituía, es decir, sobre el deseo inconsciente. El sueño sería, por tanto, la realización de este deseo.

El análisis de las asociaciones del soñante muestra invariablemente la presencia de un pensamiento que atraviesa completamente los otros, aunque también se separa de éstos. Estos otros pensamientos son conocidos por el paciente: le son comprensibles, aceptables y están ligados a los restos de su vida cotidiana de vigilia, siendo los más comunes los ligados a los acontecimientos del final de la jornada que precedió a la noche del sueño. Son los restos diurnos. Estos restos diurnos van a servir de material, como un trampolín sobre el que el pensamiento inconsciente del sueño va a apoyarse para impulsarse hasta nuestra consciencia [8].

Este pensamiento aislado contiene un deseo chocante, inaceptable y extraño para el soñante. Él lo acoge a menudo con denegación, sorpresa e indignación, nos dice Freud, y es una constatación muy frecuente que puede resumirse así: «No vayas a creer —dice el soñante— que esa persona que yo asesino en mi sueño es mi madre (o mi padre)».

La censura: deformación del sueño

Incluso cuando se llega a separar el deseo inconsciente del sueño, el soñante no puede más que recibirlo con denegación, indignación o sorpresa. Esto fue lo que puso a Freud sobre la pista de la deformación del sueño.

Si el contenido manifiesto del sueño es tan incomprensible es porque el deseo inconsciente no puede llegar a nuestra consciencia tal cual. Está deformado. Está deformado porque está censurado. La deformación del sueño se explica, por tanto, por la censura que transforma el sueño en «realización disfrazada de un deseo reprimido».

El síntoma, es, por tanto, una formación de compromiso entre un deseo inconsciente, que insiste continuamente en ser reconocido por el sujeto, y una instancia represora, censurante, al servicio de las exigencias ideales del durmiente, que imponen su deseo de callarse. Ahora bien, el sueño, por la retirada del interés por el mundo exterior y su vuelta sobre el durmiente, porque la motricidad y, por tanto, la movilidad están en suspenso, favorece el retorno del deseo inconsciente. La censura es menor que en estado de vigilia, pero, a pesar de ello, operativa. Esto es suficiente para que el deseo inconsciente vuelva al durmiente, pero desdibujado, para poder traspasar la barrera de la censura. Es la elaboración del sueño.

La elaboración del sueño: desplazamiento, condensación y figuración

Este trabajo consiste, por tanto, en una serie de operaciones que responden a lo que Freud llama los procesos primarios que, como veremos más adelante, caracterizan el sistema inconsciente que Freud va a mostrar progresivamente, y esto gracias al análisis de los sueños.

El desplazamiento permite al deseo inconsciente transferirse de una representación a otra con la mayor de las movilidades. Hace falta para ello un eslabón asociativo que permita la *libre*

---

[8] Esta imagen sugiere que el factor dinámico, la fuerza que posibilita la propulsión de los pensamientos inconscientes en la consciencia, se encuentra en el trampolín, en los restos diurnos, siendo más bien a la inversa. Son precisamente los pensamientos inconscientes reprimidos, los deseos inconscientes ligados a ellos hablando propiamente, los que disponen de la fuerza y luchan por manifestarse. A estos deseos Freud los comparó con *el socio capitalista*, que dispone del capital, de la energía, mientras que los restos diurnos son meros elementos sobre los que se apoya el deseo para hacerse expreso. A estos restos diurnos Freud los comparó con *el socio empresario*, que aporta las ideas. El deseo inconsciente es el verdadero *motor del sueño* que lo pone en marcha. (N. del A.)

EL NACIMIENTO DEL PSICOANÁLISIS

circulación del deseo de una representación a otra[9].

Estas representaciones pueden, además, condensarse entre ellas; una sola puede estar investida por el deseo inconsciente, en sustitución de todas las demás. La condensación es el otro modo que rige el funcionamiento inconsciente y que da al contenido manifiesto, al texto del sueño, su forma resumida, condensada con respecto a los pensamientos latentes que se descubren en el análisis del sueño.

En fin, la figuración da a los pensamientos inconscientes del sueño la posibilidad de volver hacia la consciencia tomando el camino de las imágenes visuales. Por ello se compara el sueño con un jeroglífico donde el sentido se encuentra en las imágenes.

Un sueño de niño

El ejemplo típico del sueño como realización de un deseo nos viene dado muy frecuentemente a través de los sueños de los niños.

Con cuatro años, mi hijo tenía la costumbre de merendar tres bollos de chocolate. Cuando le fue a buscar al colegio, la chica que le cuidaba tuvo la malintencionada idea de «no encontrar» en la panadería nada más que un cruasán, uno solo... A la vista de este escaso y pobre cruasán, mi hijo entró en una cólera negra. Tiró su bollo al suelo y lo pisoteó... En casa, recibió su reprimenda merecida y fue castigado sin merendar.

Al día siguiente por la mañana, él nos contó su sueño: la misma chica le va a buscar al colegio y, sobre un plato de plata, le ofrece todo un muestrario de panes de chocolate.

Los sueños de niños de este tipo son muy frecuentes, dan fe de la fuerza del deseo y de una censura aún inalcanzada. El deseo insatisfecho, de hecho interrumpido la víspera, se realiza tal cual durante el sueño.

Los sueños de los adultos son complicados e incomprensibles en su contenido manifiesto porque la elaboración del sueño impone al deseo inconsciente un disfraz para poder pasar a través de los filtros de la censura, que termina por ser completamente irreconocible.

La puesta en escena del sueño

Sin embargo, el sueño es tan extraño para el soñante que, muy a menudo, la puesta en escena del sueño escapa al sujeto, que no entiende cómo puede ser de su creación. El soñante cuenta la escena como si le hubiera sido impuesta, como una realidad del exterior.

Así, circula en los medios analíticos la historia de un sueño que se cuenta para mostrar que el sueño es en realidad una creación, la puesta en escena del soñador. Una mujer sueña que un bello hombre negro la persigue dentro de su apartamento. En el momento en que la tira sobre la cama, se para, inmóvil: «¿Qué es lo que haces?», pregunta la mujer. «Yo no sé nada, señora», res-

---

[9] Conviene aclarar brevemente que, para Freud, los instintos (*instinkt*) en el hombre, llamados pulsiones (*trieb*) por sus peculiares características con respecto a los del animal, se representan en la esfera psíquica, ya que en su naturaleza está el encontrarse a caballo entre lo somático y lo psíquico, tanto por una representación o idea como por un afecto. Ambos pueden ir juntos, pero precisamente en la movilidad del afecto y en su capacidad para investir o recubrir emocionalmente unas ideas u otras, se encuentra la base de los mecanismos u operaciones que se describen aquí como propios del proceso primario. (N. del A.)

ponde el hombre, «es su sueño...».

La historia de este sueño da fe de la inadmisibilidad del deseo inconsciente en el campo de la consciencia. E incluso cuando el sueño no está deformado, el soñante continúa hablando como si se tratara del sueño de cualquier otra persona, testimoniando de esta manera que el deseo inconsciente aparece como extraño porque se trata del deseo del Otro.

En fin, para terminar esta rápida e incompleta presentación del sueño, resaltamos que no hay una interpretación universal del sueño. Los elementos que constituyen el contenido manifiesto no tienen significación como tales. Su sentido no se entiende más que en su articulación —a través del trabajo asociativo del soñante— con los pensamientos latentes del sueño.

«Psicopatología de la vida cotidiana»

Cuando publicó *Psicopatología de la vida cotidiana*, del que envió un ejemplar a Fliess, Freud le escribió en agosto de 1901: «Hay en este libro un montón de cosas que te conciernen, cosas manifiestas para las cuales me has provisto de material, y cosas escondidas cuya motivación se debe a ti».

Esta última frase da fe del lugar que ocupó Fliess para Freud, aquel del sujeto supuesto conocedor, donde el saber supuesto fue a causar el amor de Freud. Como *La interpretación de los sueños*, el libro está lleno de ejemplos propios de la historia de Freud y Fliess. Lapsus hablados o a menudo escritos, actos fallidos u olvido de nombres, es lo que Freud califica como psicopatología de la vida cotidiana, que aunque concierne a todo el mundo, no tiene nada de patológico.

Recibir a un amigo confundiéndose de nombre o a un pariente con palabras de adiós o equivocarse en el día de visita al dentista son realmente equívocos de la vida cotidiana que son finalmente triunfos para el deseo inconsciente. Freud los ordena dentro del campo que él llama «las formaciones del inconsciente». Como el sueño o el síntoma, ellos dan fe de la presencia de ese lugar psíquico separado de la consciencia que Freud, con *La interpretación de los sueños*, iba a poder caracterizar mejor.

La palabra de la verdad toma la delantera a la otra

Dejando escapar una palabra en lugar de otra, el sujeto se sobrecoge de asombro, incluso a veces de una sorda inquietud. Como si cualquier otro hubiera hablado en su lugar. En efecto, es Otro quien ha hablado en el lugar del sujeto, es el inconsciente. Y la sabiduría popular no se equivoca cuando da a este fallo aparente un mayor valor que a lo que no se ha dicho. Un proverbio libanés da la mejor definición del lapsus: «La palabra de la verdad toma la delantera a la otra».

Cuando no se tienen ganas de recibir a nadie y cuando se le acoge con palabras de adiós, estas palabras son las que dicen la verdad. Pero es una verdad que se impone como un error de lenguaje, dado que, deshaciéndose en excusas, se llega a decir que la verdad de nuestro deseo no era más que un accidente, un error o un fallo de lenguaje. Se carga esta equivocación en la cuenta del cansancio, y si se conoce, aunque sea un poco, el discurso del psicoanálisis, se admite el lapsus enrojeciendo como si nos hubieran pillado en una falta.

El espíritu, el inconsciente, la risa

Hace algunos años, en una reunión de amigos, uno de ellos me consultó abierta y públicamente sobre un calambre persistente en su mano derecha, lo que le había llevado varias veces a visitar a un neurólogo. Este calambre le molestaba en el momento de escribir hasta tal punto que su mano derecha ya no le servía.

Mientras me contaba esto, yo pensaba en *el calambre del escribiente*. Él insistía en el plano gestual para mostrarme cómo su mano se bloqueaba, lo que me hacía pensar aún más en la interpretación que da Freud sobre el calambre del escribiente. Para Freud, el gesto de escribir está sexualizado bruscamente y retoma su significado inconsciente: la masturbación, la prohibición de la masturbación.

Por supuesto yo no di tal explicación a su pregunta, máxime cuando, como para el sueño, el significado de un síntoma no responde a ningún simbolismo universal, que tendría su significación en sí mismo y, por tanto, no puede ser interpretado sino en el contexto de las asociaciones del sujeto.

Turbado por la insistencia de mi amigo, me atreví a decir únicamente el diagnóstico: «Debe tratarse de un calambre de escribiente». «¡Ya sé!, ¡ya sé!», respondió él, «el neurólogo ya me lo ha dicho. Pero ¿qué es ese dichoso calambre del escribiente?», insistía él, acentuando el gesto de su mano. Para mi sorpresa, con la sonrisa en la boca y repitiendo de forma caricaturesca su gesto, otro amigo le respondió bruscamente: «No hacen falta años de estudio para saber que te masturbabas cuando eras pequeño».

La risa general con que se acogió esta intervención fue inolvidable. El amigo que hizo esta *interpretación salvaje* no tiene ningún conocimiento de la literatura analítica. Pero posee una fuerte dosis de sentido común y, sobre todo, de buen humor. Habituados a sus *golpes* después de mucho tiempo, todo el mundo reía de buena gana y comprendía al propio interesado.

De esta historia yo no me quedaría más que con un aspecto que me parece propicio y que nos indica la presencia del inconsciente o del Otro que habla a través de nosotros. Como en cualquier otra situación en la que alguien cuenta un chiste [10] —aquí la alusión o la comparación espiritual que se apoya sobre la proximidad gesticular entre la mano bloqueada y el gesto de la masturbación—, la risa de un tercero da fe de que alguna cosa, inconsciente hasta ese momento, del hecho de la represión, acaba de ser revelada a los oyentes.

De hecho, en 1905, Freud había ya señalado, y es una práctica habitual en todos los psicoanalistas, que durante una sesión el paciente se ríe seguida-

---

[10] La versión original juega con la expresión «palabra de espíritu» (*mot d'esprit*), que se pierde al traducir por chiste. (N. del A.)

EL PSICOANÁLISIS

mente de una intervención del analista. La risa nos indica que se ha llegado a él, «revelado con exactitud el inconsciente hasta aquí oculto». Pero en esta situación no hay una tercera persona. No existen más personas que el analista y el analizado. Ahora bien, Freud insistió mucho sobre el hecho de que el espíritu necesita la presencia de un tercero que diera fe, con su risa, de que se había producido un levantamiento de la represión. En este sentido, la comparación con el sueño permite a Freud decir que este último es un «producto psíquico perfectamente asocial y que no hay nada que comunicar al prójimo», porque para empezar es incomprensible para el propio soñador. Nos encontramos en condiciones de decir que, si el analizado se ríe con la intervención del analista es porque, en efecto, éste ha tocado un tercer lugar, el inconsciente del sujeto, el Otro, como le llama Lacan. Y es porque este Otro ha hablado a través del sujeto por lo que el analista ha podido entenderle y devolverle su palabra. Es la interpretación.

El chiste[11] es aquí, desde todo punto de vista, comparable a la interpretación. Podemos añadir que es lo que nos permite también comprender por qué no puede haber autoanálisis. El análisis necesita, en efecto, de la escucha de un tercero que es el analista, quien permite al paciente dar la medida del tercero, del Otro que habla en él.

Éste fue el papel de un Fliess que permitió a Freud realizar el primer análisis, pero también darse cuenta de la necesidad de transmisión del psicoanálisis. Para esto, Freud debía pasar por la interpretación de sus propios sueños, de sus propios actos fallidos; por la interpretación del humor y del espíritu de su comunidad y su cultura con el objetivo de convertir todo esto en transmisible. Esta transmisión no se podía hacer más que despejando, teniendo en cuenta cada caso, los invariantes que permitirían fundar progresivamente una teoría del aparato psíquico. Lo que nosotros llamamos, con Freud, la metapsicología.

---

[11] Ver nota anterior.

III

LA CONCEPCIÓN FREUDIANA DEL APARATO PSÍQUICO

A medida que se desenvolvía su relación con Fliess y se desarrollaban sus observaciones clínicas dentro del marco de su clientela privada, Freud se encontró con lo que más tarde se ha llamado *las formaciones del inconsciente*. Tanto sus propios sueños como los de sus pacientes, sus lapsus, sus actos fallidos y los síntomas, algunos de los cuales cedían ante la hipnosis y otros no, le pusieron sobre la pista de un puente que Freud construyó entre lo *normal* y lo *patológico*.

Este puente no le será jamás perdonado. Hoy día incluso se sigue hablando de escándalo y de impostura porque el psicoanálisis ha demostrado que la diferencia entre lo normal y lo patológico es más cuantitativa que cualitativa. Porque el psicoanálisis ha descubierto el carácter universal del inconsciente tanto en el hombre *sano* como en el hombre neurótico y porque el contenido de aquello que es olvidado activamente en este inconsciente está ligado al sexo y a la muerte.

Un lugar psíquico separado de la consciencia

Como ya hemos visto, la hipnosis y la histeria permitieran a Freud sospechar la existencia del inconsciente bajo la forma de ese lugar psíquico separado de la consciencia. Pero si, para Pierre Janet, *los estados segundos* respondían a una concepción de la histeria basada sobre una ideología de la insuficiencia, y si existía un lugar psíquico disociado de la consciencia ese lugar era anormal y no se encontraba más que entre los enfermos, Freud fue progresivamente demostrando que ese *lugar* era universal.

Freud se separó de Breuer probando, por un lado, que este lugar psíquico disociado de la consciencia se debía a un olvido activo por parte del sujeto, olvido que él iba a llamar represión; y, por otro lado, que los pensamientos inconscientes consignados en ese lugar eran pensamientos sexuales.

Para resumir el desarrollo de la elaboración freudiana, podemos considerar que las primeras observaciones clínicas permitieron a Freud constatar la disociación de la consciencia y suponer la existencia de un lugar psíquico inconsciente que podía volverse parcialmente consciente bajo hipnosis.

La abreacción y el método catárquico

El segundo paso fue constatar que la rememoración de los recuerdos olvidados provocaba una descarga emocional: la abreacción.

Durante un cierto tiempo, el objetivo terapéutico buscado fue esta abreacción por la cual el paciente se liberaba del recuerdo traumático de un suceso delante del cual no había podido reaccionar. Era el método catárquico de Breuer y Freud, que duró quince años, desde 1880 a 1895. Esta purga o purificación que era la catarsis fue progresivamente dejando su lugar al trabajo de elaboración llevado a cabo en la cura del paciente, trabajo por el cual los elementos reprimidos retomaban su lugar en la vida psíquica consciente (señalemos aquí que muchos psicoterapeutas modernos vuelven implícitamente a la catarsis al tomar la descarga emocional como único objetivo o fin de la terapia).

Este cambio en la técnica, que desembocó en el psicoanálisis, estaba ligado a los obstáculos encontrados entonces por Freud —no abreacción en algunos casos, resistencias importantes al recuerdo y reacciones transferenciales algunas veces violen-

EL PSICOANÁLISIS

tas— y a las perspectivas teóricas nuevas que de aquéllos cabía inferir.

La represión

El tercer paso teórico dado por Freud fue suponer la existencia de un mecanismo de lucha para olvidar aquello que fuera «penoso, horroroso, doloroso o vergonzoso» en la consideración de la personalidad: este mecanismo de lucha se conocía como represión.

Subrayemos que con el concepto de represión, la teoría psicoanalítica acababa de nacer. Como decía Freud, «la teoría de la represión es la piedra angular sobre la que reposa todo el edificio del psicoanálisis».

Podemos, en efecto, señalar que con la extracción del concepto de represión, los tres grandes registros de la metapsicología freudiana ocupan su lugar; es decir, los registros tópico, económico y dinámico.

La primera tópica

Estos tres registros caracterizan el aparato psíquico tal y como fue concebido por Freud: lugares diferentes (tópica), en conflicto entre ellos (dinámica) y utilizando una energía especial (económica). En 1920, Freud formulará otra hipótesis sobre los lugares del aparato psíquico.

Se habla comúnmente de dos tópicas freudianas: la primera, con la distinción del inconsciente del preconsciente y del consciente, y la segunda, que distingue el ello, el yo y el superyó.

El inconsciente

La primera tópica (de *topos*, lugar) se deduce de los primeros avances teóricos. Si gracias a la hipnosis Freud constató un estado psíquico diferente del estado de consciencia y del despertar habitual, y supuso la existencia de un grupo psíquico aparte, también hubo de articular una hipótesis sobre un lugar donde eran confinados estos pensamientos inconscientes. Este lugar fue llamado el inconsciente. Pero ¿cómo distinguir los pensamientos inconscientes inaccesibles a la consciencia de los recuerdos y los conocimientos que el sujeto puede traer al presente únicamente con un esfuerzo de memoria? ¿Cómo distinguir un lugar donde los pensamientos son inconscientes, porque son activamente olvidados por el sujeto, quien los reprime y se resiste a recordarlos, de un lugar donde los pensamientos, si son inconscientes en el sentido descriptivo del término, están igualmente al alcance del sujeto, quien puede recordarlos y traerlos de nuevo fácilmente a la consciencia?

El preconsciente

Freud fue llevado así a suponer la existencia de otro lugar entre el inconsciente y el consciente: el preconsciente. Generalmente, se considera que aquello que es preconsciente está presente de forma implícita en la actividad mental sin ser siempre objeto de una toma de consciencia. Desde este punto de vista, Freud asimila el preconsciente a *nuestro yo oficial*. Fue de hecho una de las razones que le llevaron a hablar del sistema preconsciente-consciente por oposición al sistema inconsciente.

El consciente

El consciente será, por tanto, el tercer lugar del aparato psíquico freudiano.

Muy pronto, en sus indagaciones, Freud comenzó por distinguir la consciencia por oposición a las huellas (trazos) mnémicas, a la memoria. Un mismo sistema no puede, al mismo tiempo, percibir y al-

CONCEPCIÓN FREUDIANA

macenar las informaciones. Las excitaciones que vienen del interior del cuerpo y del mundo exterior son percibidas por la consciencia, que está habitualmente asociada para Freud con la percepción; de hecho, encontramos frecuentemente en sus escritos el concepto percepción-consciencia.

La consciencia se encuentra, por tanto, en la periferia del aparato psíquico freudiano, entre el mundo exterior y los dos sistemas mnésicos que son el preconsciente y el inconsciente. Inconsciente, preconsciente y consciente son, así, los tres lugares que componen el aparato psíquico tal y como Freud lo concibió en su primera tópica.

La censura

Nos queda por situar la censura en este aparato psíquico. Concepto unido estrechamente al de la represión, del que la censura es el origen, la censura tiene como función impedir el acceso a la consciencia de los deseos inconscientes.

Freud constató su debilidad durante el sueño, donde la censura continuaba, a pesar de todo, funcionando, lo que explicaba las diferentes deformaciones que sufría aquél. La censura funciona plenamente en estado de vigilia, donde juega el papel de un guardian vigilante que impide a los pensamientos inconscientes inadmisibles, confinados en una *antesala*, el inconsciente, pasar a un *salón* de recepción de donde deben permanecer apartados, la consciencia. En la primera tópica, la censura se sitúa entre el inconsciente y el preconsciente, y predibuja lo que será el superyó (consciencia moral) en la segunda tópica.

En relación a nuestro juego de cerillas chinas, podemos localizar la censura en el nivel de una especie de muro imaginario que impediría a los jugadores mirar de forma inmediata hacia el lado de los dedos de la mano donde podemos localizar el inconsciente, mientras que el preconsciente-consciente estaría en el lado de las cerillas.

Como ya hemos mencionado, este aparato psíquico fue concebido por Freud para dar cuenta de las diferentes manifestaciones clínicas que se le impusieron en su práctica con los pacientes, de lo que llamó la psicopatología de la vida cotidiana y, en fin, de los sueños, los suyos y los de sus pacientes.

El registro dinámico

Desde el principio, esta diferenciación entre los lugares psíquicos está ligada a una concepción dinámica. El inconsciente no es una incapacidad, una insuficiencia innata que se constata únicamente entre los histéricos, como quisiera Janet. El inconsciente se constituye porque surge un conflicto entre la consciencia y un grupo de representaciones inconciliables con esta consciencia. La ruptura de la vida psíquica es, por tanto, el resultado de un conflicto en el interior del propio psiquismo. La idea del conflicto es esencial en el psicoanálisis. El conflicto es constitutivo del ser humano. Nos lo encontraremos entre los diferentes sistemas del aparato psíquico, tanto en la primera tópica como en la segunda.

El registro económico

Se deduce en primer lugar de la experiencia clínica en la que Freud y Breuer se enfrentaron con histéricos. Hace mención a las nociones de energía e inversión [12] (desinversión y con-

---

[12] Traducción de *investissement*, que procede de *Besetzung* en Freud. Este concepto hace referencia a la ocupación de una idea o representación por una

trainversión). Reposa sobre el principio de la constancia, según el cual el aparato psíquico tiende a mantener en el nivel más bajo posible la cantidad de excitación que contiene.

De las primeras experiencias clínicas de Freud y Breuer se desprende la idea de una fuerza ligada al síntoma neurótico. El síntoma se resiste, en algunos casos, a la curación. En otros, la curación se acompaña de una descarga energética, la abreacción. Además, en las asociaciones de ideas que Breuer y Freud pedían a sus pacientes que hicieran, ciertos acontecimientos importantes de la historia del sujeto eran evocados de manera indiferente, mientras que acontecimientos anodinos tomaban tintes afectivos demasiado importantes.

Freud extrajo la idea de una separación entre la representación y la cantidad de afecto con la que está investida[13]. La cura es, por tanto, concebida como el restablecimiento de una conexión olvidada entre el recuerdo, la representación de un suceso traumático y el afecto que le había acompañado.

El destino de la cantidad de afecto separada de la representación es diferente en las tres neurosis entonces estudiadas por Freud. Si tomamos el ejemplo de la histeria, el síntoma *funcional*, es decir, el que no responde a ninguna lesión orgánica, obtiene su fuerza de la energía psíquica que es convertida en enervación corporal. La *curación* del síntoma se realiza por la conexión entre la representación reprimida y el afecto que le correspondía en origen. Ello es lo que se constata en la cura por abreacción, que libera la energía psíquica convertida en el cuerpo, lo que provoca la desaparición del síntoma.

Energía libre y energía ligada

Correlativamente a la idea de la separación entre la representación y la cantidad de energía que la inviste, Freud constata dos estados diferentes de la energía psíquica, caracterizando cada uno de ellos uno de los dos sistemas psíquicos: la energía libre en el inconsciente, y la energía ligada en el sistema preconsciente-consciente.

En el inconsciente, la energía corre libremente de una representación a otra. Puede desplazarse entre dos representaciones ligadas entre ellas por un eslabón asociativo. La energía de varias representaciones puede también condensarse sobre una sola que representa, de hecho, a todas las demás. El desplazamiento y la condensación constituyen los dos mecanismos esenciales para la comprensión del sueño, del lapsus y del síntoma. Los encontramos también en la base de dos figuras lingüísticas principales como son la metáfora y la metonimia, a las que Lacan dará toda su importancia como veremos más adelante.

En cambio, en el sistema preconsciente-consciente, la energía va a ligarse de manera estable a las representaciones. Freud pone como ejemplo la actividad de pensar, que necesita una inversión de tono más elevado sobre las ideas en juego y además un mínimo de desplazamiento. La atención se explica

---

cantidad de energía psíquica en la forma de un montante o quantum de afecto. La expresión *inversión* subraya el aspecto económico, cuantitativo, energético del concepto; la expresión *investidura* da más fácilmente cuenta del lado cualitativo del concepto, de la dignidad y el sentido que el afecto le confiere a la representación ocupada. (N. del A.)

[13] Ver nota anterior.

CONCEPCIÓN FREUDIANA

también por esta sobreinversión energética que necesita la puesta en vigilia de los procesos inconscientes.

Progresivamente, nos encaminamos hacia la hipótesis no únicamente de lugares psíquicos diferentes, en conflicto entre ellos, sino también de dos modos de funcionamiento diferentes del aparato psíquico: los procesos primarios, que caracterizan el inconsciente, y los procesos secundarios, que rigen el sistema preconsciente-consciente.

Los procesos primarios y los procesos secundarios

Los procesos primarios están caracterizados, además de por la circulación libre de la energía que se desplaza y se condensa, por una tendencia de esta energía libre a reinvestir huellas mnemónicas, las representaciones reprimidas sobre experiencias de satisfacción originales o primitivas.

Fue sobre todo a través del análisis del sueño como Freud llegó a esta deducción: la búsqueda de la identidad de percepción caracteriza los procesos primarios y explica la satisfacción alucinatoria del deseo tal y como se ve en el sueño. Sin embargo, esta *satisfacción alucinatoria del deseo* está ya presente en el *proyecto de psicología científica* de 1985, y su importancia merece una cierta atención. Aquélla se comprende por la hipótesis —y las observaciones acerca de ello— de que el niño de pecho está en un estado original de desvalimiento. El hambre, por ejemplo, crea un estado de tensión insoportable que no cede más que con la intervención de una persona del exterior, la madre. La satisfacción experimentada está, por tanto, ligada al objeto que la ha provocado, el seno. Cuando, de nuevo, el hambre provoca un estado de tensión, y antes de que sea saciada, el niño reactiva, reinviste las huellas mnemónicas dejadas por el objeto. Esta reactivación produce un fenómeno cercano a la percepción primera: es la alucinación.

Progresivamente, el niño hace la prueba de la realidad que le permite distinguir entre las excitaciones que le llegan desde el mundo exterior y las que proceden de su interior. Empieza así a diferenciar entre la percepción y la alucinación de un mismo objeto.

Esta experiencia es absolutamente fundamental, puesto que está en el origen del deseo humano que se distingue, desde el principio, de la necesidad. Esta experiencia fundamenta la distinción esencial entre el objeto real y el imaginario. Permite comprender el mecanismo de la alucinación en el sueño y en el delirio.

La búsqueda de la identidad de este objeto primero, que ha satisfecho la necesidad y creado el deseo, guiará al sujeto en todas sus búsquedas posteriores del objeto. La identidad de percepción [14] con este primer objeto caracteriza, por tanto, los procesos primarios por la búsqueda de una satisfacción inmediata y por una descarga energética total, propia del inconsciente.

Por el contrario, los procesos secundarios ligan la energía y controlan su traspaso en una inversión estable de representaciones. La satisfacción inmediata que caracteriza los procesos primarios está aquí aplazada, lo que permite el funcionamiento del sistema preconsciente-cons-

---

[14] Los conceptos de *identidad de percepción* e *identidad de pensamiento*, de alto nivel de abstracción, presuponen en el funcionamiento mental la preexis-

ciente. El juicio, la atención, el razonamiento y el control de la acción son, por tanto, posibles. Ya no es más la identidad de percepción lo que se busca con el objeto, sino la identidad del pensamiento.

Vemos bien cómo la oposición entre los dos modos de funcionamiento del aparato psíquico llevó a Freud a enunciar, en 1911, dos principios que rigen este funcionamiento: el principio del placer y el de la realidad.

Un poco antes, en 1905, Freud había hecho la hipótesis de las pulsiones, especificando uno de los datos esenciales del psicoanálisis, y pronto opuso las pulsiones sexuales a las pulsiones de autoconservación.

La *satisfacción alucinatoria del deseo* es un dato esencial para comprender el dualismo freudiano, el dualismo pulsional que opone el inconsciente al preconsciente-consciente.

La pulsión sexual

Podemos recalcar que con el concepto de pulsión, Freud dio un paso fundamental en la elaboración de la teoría psicoanalítica.

Conviene, en primer lugar, distinguir entre la pulsión y el instinto, que determina un comportamiento animal que la herencia ha fijado y que caracteriza a una especie dada.

Antes de 1905, Freud presentaba la existencia de la pulsión bajo la forma de la excitación interna que invadía al sujeto, y contra la cual no había huida posible, como en el caso de una excitación procedente del mundo exterior. Freud veía en estas excitaciones internas la fuente energética del pensamiento psíquico.

Fue estudiando las perversiones sexuales cuando Freud reencontró el camino que le llevó al descubrimiento de la sexualidad infantil y a la hipótesis de las pulsiones sexuales. Entre los perversos, la erotización impulsada de las zonas erógenas extragenitales, como la zona oral o la zona anal, en las que la excitación predomina sobre o incluso dispensa del placer ligado a los propios órganos genitales, lleva a Freud a formular la hipótesis de pulsiones parciales para comprender la sexualidad infantil [15].

Antes de Freud, la sexualidad

---

tencia de una imagen o representación del objeto que satisfizo en otro momento la necesidad. En estado de deseo, el sujeto busca de nuevo el objeto que satisfizo tal inquietud con esa imagen interior del mismo, digamos con ese recuerdo. Pero puede mostrarse impaciente y descargar la tensión que se almacena y le lleva a esa búsqueda en cuanto alcanza ese recuerdo, dotándolo de unas características cuasi-alucinatorias, lo que corresponde a la *identidad de percepción*, o aguantar esa tensión interna y tolerar que la búsqueda se prolongue por medio de distintos pensamientos ligados a la forma de volver a encontrar ese objeto deseado en la realidad, *identidad de pensamiento*. Entonces, se puede permitir la descarga total, ya que el objeto está presente para satisfacer el deseo, pero en la realidad. Quizá lo aclare un ejemplo clínico. Ante una excitación sexual, el sujeto puede autorizar la descarga de la excitación por medio de una masturbación simplemente *cuasi-alucinando* imágenes eróticas, o puede pensar qué tiene que hacer para conseguir conquistar una pareja sexual que le acompañe a la cama esa noche, o esa tarde, pero desde luego no ahora mismo. (N. del A.)

[15] El concepto de pulsión parcial es clave en tanto da cuenta de una sexualidad que no coincide con lo genital. Las pulsiones parciales buscan su satisfacción de modo independiente inicialmente, el deseo oral en el chupeteo, y sólo después si todo se desarrolla sin dificultad, se integran como en el beso en una aspiración global subordinada a la pulsión genital. (N. del A.)

humana era considerada como un instinto de la especie, que tenía por objeto la pareja del sexo opuesto y, por fin, la unión, en el coito, de los órganos genitales. Con el descubrimiento de la sexualidad infantil, Freud dio un paso de gigante, lo que le valió los más variados insultos, dado que se consideraba ideológicamente que la infancia era pura y así había que dejarlo, y que la sexualidad no aparecía más que con la pubertad.

El niño busca, en efecto, un placer particular e independiente de la satisfacción de la necesidad. El niño de pecho, por ejemplo, busca un placer ligado a la succión, que sobrepasa la satisfacción del hambre, puesto que después de alimentarse continúa chupándose su dedo pulgar. El niño sobre el orinal busca paralelamente un placer ligado a la excitación de la zona anal, independientemente de la satifacción de la necesidad de defecar.

Sin embargo, este placer suplementario es posible gracias a las funciones vitales de autoconservación, funciones satisfechas por el entorno. Pero si la pulsión sexual va a apuntalarse, es decir, apoyarse, en un principio, sobre las funciones de autoconservación, se liberará casi de forma inmediata, y pronto la pulsion sexual entrará en conflicto con las pulsiones de autoconservación o pulsiones del yo, como veremos más adelante.

El impulso, el fin, la fuente y el objeto de la pulsión

Si, por tanto, a pesar de la satisfacción del hambre, el niño de pecho sigue chupando su pulgar, es que una fuerza interna, a la que no puede sustraerse, le empuja. Esta idea del impulso interno, presente en Freud desde el principio, nos da una idea del primer aspecto de la pulsión, el impulso. Porque ejerce un impulso constante, toda pulsión es activa, incluso si su fin es el de satisfacerse en la pasividad, como en el exhibicionismo o el masoquismo.

El fin es el segundo aspecto de la pulsión. El fin de la pulsión es la satisfacción, la solución a la tensión interna provocada por el impulso pulsional. El niño de pecho que sigue chupando después de haber satisfecho su hambre busca disminuir la tensión provocada por la pulsión oral. En las primeras aproximaciones freudianas al concepto de fin pulsional, este último está estrechamente ligado a la fuente de la pulsión. De forma inmediata, aparece en estrecha ligazón con el objeto de la pulsión.

La fuente de la pulsión es el lugar donde aparece la excitación, la zona erógena, el propio órgano o aparato. En este último caso, es la musculatura toda entera la que puede ser, por ejemplo, la fuente de lo que Freud llama la pulsión de dominio. En cuanto a las diferentes zonas erógenas del cuerpo, éstas condujeron pronto a Freud a la concepción de diferentes estados de la evolución sexual de los niños, bien conocidos bajo el nombre de estados oral, anal, fálico y genital.

El cuarto y último elemento de la pulsión es el objeto. Por el objeto, la pulsión trata de llegar a su fin. Para Freud, contrariamente a las funciones de autoconservación donde el objeto está determinado y biológicamente especificado (la alimentación sacia el hambre, por ejemplo), el objeto de la pulsión sexual puede ser variable, dado que, por una parte, en el origen, no está forzosamente ligado al objeto y, por otra, «no llega a disponerse de él más que en función de su aptitud para permitir la satisfacción».

La complejidad del *status* del objeto en general, y del objeto de la pulsión en particular, es muy grande en el pensamiento freudiano. Sin embargo, es la noción del objeto parcial la que delimita de forma más estrecha la cuestión del objeto de la pulsión, en tanto en cuanto la pulsión es, en primer lugar, la pulsión parcial.

La pulsión parcial enfoca un objeto parcial cuya importancia teórica irá en aumento. Encontramos un desarrollo detallado en Mélanie Klein, que toma el término de Karl Abraham. Jacques Lacan da el concepto del objeto (a). Lo encontramos, sin embargo, ya en Freud como el objeto al que tienden por las pulsiones parciales. Este objeto parcial se refiere al seno, las heces, el falo, y también la voz, la mirada y todo lo que se desgaja de la relación madre-hijo. El impulso, la fuente, el fin y el objeto de la pulsión se distinguirán según cuatro tiempos importantes de la evolución de la sexualidad infantil: la fase oral, la fase anal, la fase fálica y, en fin, la fase genital.

La fase oral

Determina el tiempo en que la evolución del niño se organiza alrededor de una zona erótica, de una fuente pulsional llamada zona oral. El objeto oral en sentido estricto es el seno. El fin pulsional oral radica en la satisfacción que procura la succión, pero también en la incorporación del seno.

Karl Abraham subdivide, siguiendo a Freud, este estadio en dos partes. Hasta los seis meses, Abraham considera que este tiempo no comporta ambivalencia, es decir, una oposición entre el amor y el odio. A partir de los seis meses y hasta el destete, la aparición de los dientes marca un período, calificado de sádico oral, durante el cual aparece una pulsión canibalista. El niño destruye el objeto durante su incorporación.

Mélanie Klein desarrollará nociones importantes siguiendo a Abraham. La oposición entre lo bueno y lo malo, objeto específico de este estadio oral, le permitirá explicar diferentes aspectos de la parte clínica de las psicosis.

En cuanto a D. W. Winnicott, desarrolla el concepto de *objeto transicional* para explicar la transición entre el mundo interior del niño, que no distingue aún el seno como un objeto exterior a sí mismo, y el mundo exterior donde los objetos pueden distinguirse como no formando parte del cuerpo del niño. La observación común permite señalar el valor de este objeto transicional: el borde de una sábana, la almohada o un trozo de tela es chupado por el niño reemplazando de forma progresiva un seno que se aleja. Sin embargo, es de Jacques Lacan de quien vendrá la aportación fundamental que purificará la teoría freudiana de la pulsión oral.

Necesidad, demanda y deseo

Partiendo de la experiencia clínica de la anorexia mental, Lacan se cuestiona cómo un niño de pecho rechaza el mamar. Si el bebé sacrifica así su necesidad de alimentación, hasta el punto de poner su vida en peligro, es que existe alguna cosa más fundamental que la necesidad: el deseo. Además, la necesidad debe pasar por la demanda, por «los desfiladeros de la demanda» como decía Lacan, para hacerse entender por su madre.

Ahora bien, a la demanda oral del niño de ser alimentado, la madre también va a responder con otra demanda remitida al bebé: «Déjate alimentar».

Y es precisamente en este punto donde podemos compren-

CONCEPCIÓN FREUDIANA

der la anorexia mental como un conflicto entre las dos demandas. Rechazando ser alimentado, el niño da fe de su negativa a dejar desaparecer su deseo en el caso de que su demanda esté satisfecha. Para Lacan, la demanda oral no es la satisfacción del hambre: es una demanda sexual. La pulsión sexual parcial separada por Freud, la pulsión oral, retoma todos sus derechos al predominar sobre la necesidad de nutrición.

El niño es empujado a alimentarse del cuerpo del otro que le alimenta, y es precisamente aquí donde interviene el deseo de este Otro, la madre, que acepta o no dejarse comer por el placer. El canibalismo descubierto por Freud toma aquí toda su amplitud de ser una devoración sexual del cuerpo del otro.

Además, la aportación de Lacan nos permite apoyarnos sobre una nueva trilogía. La necesidad, la demanda y el deseo esclarecen tanto el desarrollo de la sexualidad infantil, alrededor de las pulsiones parciales diferenciadas por Freud, como la práctica de la cura analítica, donde el fin es el permitir al sujeto descubrir la causa de su deseo a través de las demandas sucesivas que el sujeto necesitará remitir a su analista. Por otra parte, esta aportación lacaniana hace intervenir una dimensión principal, la del deseo del Otro original, la madre.

La fase anal

La segunda fase del desarrollo de la sexualidad infantil se organiza alrededor de una zona erógena, o fuente pulsional, constituida por la zona anal, más precisamente por el orificio anal.

El objeto de la fase anal es el bolo fecal o heces que se separan del cuerpo del niño. Este objeto pulsional provoca la excitación de la zona anal. La pulsión parcial anal se desmarca netamente de la necesidad de defecar. Podemos observarlo en el niño que *se divierte* reteniendo o expulsando su materia fecal, independientemente de su necesidad.

El fin pulsional cambia según que la materia fecal sea expulsada o retenida.

Freud mostró cómo el aprendizaje de la limpieza por el control del esfínter anal iba a ser la fuente de los rasgos de carácter que aparecerían posteriormente en la persona obsesiva, en lo que comúnmente se llama el carácter anal. El orden, la limpieza, la meticulosidad y la terquedad, por ejemplo, encuentran sus fuentes pulsionales en este momento del desarrollo de la sexualidad infantil.

El niño descubre durante la fase anal las primeras nociones del placer de la propiedad, el dominio o el poder. Freud describió una pulsión de dominio, que se desarrollaba en el aprendizaje de la musculatura del niño, exactamente en el mismo período que la fase anal (entre los dos y tres años).

Como para el estadio oral, Karl Abraham ha descrito dos fases que comprenden el estadio anal: la fase expulsiva y la fase de retención. Muchos autores, siguiendo su estela, han estudiado el estadio anal y su importancia para la comprensión del carácter anal y de la neurosis obsesiva. Pero de nuevo ha sido Jacques Lacan quien nos ha dado una aportación de gran valor para la comprensión de este estadio anal, introduciendo la terna necesidad-demanda-placer y el papel que juega la demanda de la madre. Lo que especifica la fase anal y la pulsión parcial que la organiza está ligado, de nuevo otra vez, a la madre, dado que es la madre la que pide al niño que retenga sus excrementos y que los expulse a una hora precisa. La espera de la madre

EL PSICOANÁLISIS

y de su entorno; a la vez que la aprobación general que acompaña los movimientos de expulsión del niño sobre el orinal, dan a la necesidad de defecar la dimensión de un don, de un regalo.

Freud había ya diseñado esta ecuación simbólica, bien conocida por los analistas, en la que materia fecal es igual a don, igual a dinero, igual a regalo, a partir del análisis de la neurosis obsesiva. Lacan insistirá sobre el estrecho margen que se deja aquí al deseo, al sujeto. En la medida en que es la madre quien pide al niño que le dé su materia fecal, no le queda más remedio al niño, para salvaguardar su deseo, que oponerse a la madre reteniendo sus heces hasta el dolor, después de identificarse cariñosamente con sus excrementos, que son evacuados por el váter para burlar a la madre.

Esta identificación del sujeto con los excrementos, identificación del sujeto con el objeto (a) para Lacan, nos permite comprender cómo se constituye el fantasma sadomasoquista y nos da una idea de lo que puede ser la estructura de este fantasma.

Que la demanda del Otro discipline las necesidades del sujeto y organice de esa forma la fase anal nos permite comprender igualmente cómo el estadio anal es el origen de la disciplina, de la obediencia y de la sumisión en beneficio del Otro.

La fase fálica y genital

A pesar de que la fase fálica, en tanto que estadio propiamente dicho de la evolución de la sexualidad infantil, no aparece en la obra de Freud hasta 1923, fue en 1908, con el análisis de una fobia de un niño pequeño, Juanito, cuando dio con la noción esencial del complejo de castración. De hecho, en 1905, en los *Tres ensayos sobre la teoría de la sexualidad*, encontramos cómo Freud habla de la noción de un primado fálico: la zona erógena principal en las niñas corresponde al clítoris, homólogo del pene en el niño.

Los términos falo y castración organizan un estadio fálico de una manera diferente en los niños que en las niñas, mientras hasta aquí ambos han atravesado los estadios oral y anal de forma análoga. También podemos decir que este estadio fálico va a introducir al niño en la cuestión fundamental de la diferencia de sexos.

Para el niño pequeño, el descubrimiento del pene como fuente de satisfacción erótica y como símbolo de valoración le lleva a sobrevalorar el pene y a considerar que, como él, todo el mundo tiene uno.

El descubrimiento de la ausencia de pene en la niña no es aceptado ni reconocido como una evidencia. Se forma así una especie de ficción: esto les crecerá un día cualquiera. El pene de la niña es todavía pequeño, pero acabará por hacerse grande.

Una vez que el niño se rinde a la evidencia de que las diferentes niñas que él ha podido observar están efectivamente desprovistas de pene y que en ninguna de ellas el pene ha crecido, se engancha a una última ficción: sólo mi madre está provista de pene, como yo. La idealización de una madre todopoderosa permitirá aún al niño negar la diferencia de sexos, hasta el momento en que se rinda definitivamente a la evidencia de la ausencia de pene entre las mujeres, de lo que surgirá la angustia de castración.

Esta angustia nace de la *teoría* que el niño construye, de la *idea* que él mismo se hace del enigma que le plantea la diferencia de sexo. Si la niña no tiene pene es que le ha sido arrancado, cercenado, porque ella es

CONCEPCIÓN FREUDIANA

culpable, como yo, por tener deseos prohibidos respecto a mi madre. «No debo desear nunca más a mi madre; si lo hago, corro el riesgo de sufrir la misma suerte», piensa el niño pequeño. Correlativamente a estos deseos incestuosos hacia la madre, hacia los que se muestra contrario a renunciar, aparece el odio por el padre, al que considera su principal rival, odio que está también sometido a la represión.

La angustia de la castración provoca en el niño la represión de los sentimientos edípicos, que no han dejado de realizarse durante todo este período llamado fálico. Tiene, por tanto, una función estructurante, y su aparición no es en absoluto patológica. Da fe de que el niño renuncia a poseer a su madre y acepta la ley del padre que plantea esta prohibición. Al mismo tiempo que renuncia a su madre, el niño pequeño se identifica con su padre y asume igualmente su identidad masculina.

Sin embargo, Freud describía, al lado de este complejo de Edipo positivo, un complejo de Edipo negativo. El pequeño varón desea igualmente a su padre, y considera a su madre como su rival. Y es también a estos deseos a los que debe renunciar. En caso contrario, se abona el terreno de una homosexualidad que da fe de que el niño no ha podido renunciar definitivamente a una actitud femenina ante los ojos de su padre. Para la niña, las cosas pasan de manera diferente, pero no de forma inmediata.

En efecto, la niña inicia la fase fálica con una valoración intensa de su clítoris, que se presenta ante ella como una gran fuente de satisfacción. Y, como el niño, la niña va a comenzar dando a su clítoris el mismo gran valor que al pene, considerando que todo el mundo está dotado de un pene-clítoris.

En un segundo tiempo, la visión del pene le lleva a diferenciar entre los dos órganos. Como dice Freud, el gran pene es una réplica superior de su pequeño y oculto clítoris. La niña es víctima de la envidia hacia el pene.

Aquí se marca la primera diferencia fundamental entre el niño y la niña en su acercamiento a la castración. Si delante de la ausencia del pene en la niña, el niño piensa: «voy a ser castrado como ella», delante de la visión del pene del niño, la niña piensa: «he sido castrada». La angustia de la castración del niño se corresponde, en la niña, con una envidia intensa por tener un pene. La niña pequeña va a tratar de creer durante un tiempo que su madre no está castrada, pero muy rápidamente va a descubrir que, como ella, su madre también ha sido castrada. Va entonces a menospreciarla y a ver a su padre como nuevo objeto de su amor.

Mientras que la castración inaugura la represión del complejo de Edipo en el niño, la niña se introduce en el deseo edípico de su padre por la castración.

Esta diferencia es fundamental para comprender lo que distingue la sexualidad masculina de la femenina. Toda su vida, la mujer queda así *abierta* al deseo incestuoso, que está acompañado del más grande de los rechazos en el hombre.

Esta apertura al deseo del padre llevará a la niña a otro cambio: el de la zona erógena. El clítoris, muy valorado inicialmente, cederá progresivamente su lugar a la vagina, produciéndose esto a lo largo de toda la adolescencia. La pequeña niña se prepara para recibir el pene en su vagina.

La envidia por tener un pene como el del niño da paso al deseo de disfrutar del pene durante el coito.

En fin, las ganas de ser madre

EL PSICOANÁLISIS

por parte de la niña toman sus raíces en el desplazamiento entre la envidia por un pene y la envidia por tener un bebé. La renuncia a los sentimientos edípicos no se llevará a cabo jamás de forma total en la niña.

Como lo habíamos ya señalado para los estadios oral y anal, la aportación de Jacques Lacan, con la introducción del Otro como elemento determinante de la evolución libidinosa del niño, nos permite entender mejor la dialéctica del deseo a la que están sometidos el niño y la niña durante la fase fálica. Por otra parte, la noción del falo toma una importancia decisiva y se diferencia radicalmente de la noción del pene, habiendo sido ambos conceptos empleados por Freud indistintamente.

El interés que demuestra la madre por el pene del pequeño niño se sitúa para él como la consecuencia lógica del interés que ella tenía por sus excrementos. Solamente aquí este interés contrasta con el rechazo que la madre opone al niño cuando ve nacer el interés de éste por ella. Según la expresión de Lacan, «el niño es apreciado como objeto, pero despreciado como deseo», es decir, despreciado como sujeto.

«¿Qué quiere ella?» es la pregunta que se plantea el niño pequeño. Es aquí donde el padre aparece como aquel que posee lo que la madre quiere, es decir, el falo.

En un primer momento, el infante, tanto el niño como la niña, se identifica con aquello que le falta para satisfacer a la madre: el falo. La relación imaginaria entre el infante y la madre se consolida con esta identificación que permite al niño creer ser el falo de la madre y a ésta creer estar dotada del falo que le falta.

La castración, tal y como Lacan la explica, no se manifiesta únicamente sobre el niño, como Freud nos enseña. La castración se manifiesta también en la madre, más precisamente en el vínculo madre-niño. La prohibición del incesto encarnada por el padre se dirige al niño, a quien se le prohíbe poseer a la madre. Pero igualmente se refiere a la madre, a quien el padre prohíbe reintegrar el producto de su vientre.

Gracias a esta intervención del padre, el Otro maternal, la madre, resulta castrada en su pretensión de tener un falo y el niño en su deseo de serlo. Esta renuncia mutua permite al niño renunciar a ser el falo para abordar la problemática de tenerlo. De forma distinta, como ya hemos visto, si se trata de un niño o de una niña.

Este paso del serlo al tenerlo es el período más importante de la dialéctica edípica. Implica el juego de las identificaciones según el cual el niño renuncia al deseo de su madre (a su propio deseo de ser el falo y también a su particular deseo hacia la madre) identificándose con su padre, portador de aquello que finalmente hace desear a la madre.

El «sepultamiento [16] del complejo de Edipo» marca el fin de los cinco primeros años y acalla

---

[16] Traducción de *déclin*, que corresponde al *Untergang* de Freud. Este término se emplea en alemán para el hundimiento o naufragio de un barco. El concepto viene a expresar para Freud una diferencia en el resultado final al que se ven abocadas las emociones de amor y odio encontradas, referidas a los dos miembros de la pareja parental; una distinción con respecto a otros contenidos del inconsciente, ya que los que se refieren al complejo de Edipo sucumben, sin dejar rastro, como englobados por las aguas, mientras que otros contenidos inconscientes se ven sometidos a la represión, y luchan aun desde el inconsciente por retornar y hacerse expresos en la consciencia. (N. del A.)

CONCEPCIÓN FREUDIANA

las pulsiones sexuales del niño, que conocieron su apogeo con los deseos edípicos.

El período de latencia

A partir de los cinco años comienza un período que Freud ha calificado de *período de latencia*. Durará hasta la pubertad. La latencia no es total, y la sexualidad del niño se manifiesta a través de la masturbación, los deseos edípicos o los fantasmas que satisfacen las pulsiones parciales. Pero son expresiones mínimas, y la energía de las pulsiones sexuales se canaliza ahora hacia las actividades sociales que el niño empieza a encontrar a través de los juegos y de la vida escolar.

El inicio de la socialización del niño corresponde, por tanto, a la renuncia de los deseos edípicos y a la puesta de la sexualidad en momentáneo compás de espera.

La crisis de la pubertad

La pubertad se corresponde a un momento de crisis. Por una parte, se produce un despertar brutal de las pulsiones; por otra, una puesta en cuestión de las identificaciones parentales que habían permitido justamente la renuncia a esas pulsiones. El conflicto edípico reprimido desde los cinco años reaparece y se traduce en una crisis identificatoria, de hecho más aguda, que se acompaña de cambios corporales que inscriben aún más al sujeto en su propia identidad sexual. Aparecen los caracteres sexuales secundarios, como el vello, el cambio de voz, etcétera, y tanto el joven adolescente como la joven adolescente están aquejados por esos cambios.

Esta crisis de la pubertad, a pesar de ser del todo natural, se traduce en angustias y sentimientos de extrañeza ligados justamente a la vacilación identificatoria. Para muchos psicoanalistas, es aún ésta la ocasión del joven adolescente para aprovechar esta crisis de la pubertad y *rehacer* de alguna manera las identificaciones que no le hubieran permitido *salir* de forma completa del complejo de Edipo.

A partir de la pubertad, parece que los antecedentes rasgos se fijarán definitivamente y, según la imagen célebre que tomaba Freud del cristal que se quebraría siempre según las líneas que previamente habían constituido su estructura interna, la *descompensación* de un sujeto se realizará siempre según la estructura psíquica que le determina. Veremos esto más adelante, con las nociones de estructuras neuróticas y psicóticas.

Pero volvamos al lugar que ocupa la teoría freudiana de las pulsiones sexuales en el marco de lo que se llama el primer dualismo pulsional freudiano.

Pulsiones sexuales y pulsiones de autoconservación

Una vez que Freud descubre la sexualidad infantil y nombra las pulsiones sexuales, se acaba de dar una gran paso para la comprensión de la psicología humana, tanto para el desarrollo psíquico del niño como para el funcionamiento *adulto* de la psicología, que puede funcionar *normalmente* o producir neurosis.

Como ya hemos mencionado, las pulsiones sexuales se desarrollan al principio sobre las funciones de autoconservación. Aunque Freud da a las funciones del yo el nombre de pulsiones, no parece que podamos considerarlas como verdaderas pulsiones. Sin embargo, en su preo-

EL PSICOANÁLISIS

cupación por explicar el conflicto defensivo contra las pulsiones sexuales, Freud las opone a las pulsiones de autoconservación, o pulsiones del yo.

Principio de placer y principio de realidad

Aquello es lo que se llama el primer dualismo pulsional en Freud. Para que el yo pueda defenderse contra las pulsiones sexuales y reprimirlas, Freud necesita explicar de dónde obtiene la energía para hacerlo. Este primer dualismo pulsional es correlativo de otro dualismo: el de la oposición entre el principio del placer y el principio de realidad; a saber, el hambre o el amor.

El amor puede satisfacerse de un objeto imaginario, fantasmal, como nos lo muestra la experiencia de la satisfacción alucinatoria del deseo. El hambre, en contraposición, sólo puede hacerlo, satisfacerse, durante un instante, aquel en el que el bebé alucina el seno esperando tenerlo realmente en la boca. Cuando hace y repite la experiencia de la satisfacción real, el bebé aprende a distinguirla de la satisfacción alucinatoria, con la que no puede ya contentarse para saciar su hambre. Dicho de otra manera, el bebé aprende muy deprisa a distinguir entre alucinación y percepción.

Si las pulsiones sexuales pueden satisfacerse en la alucinación, las funciones de autoconservación o pulsión del yo no lo pueden lograr más que con la percepción del objeto real. Esto es lo que va a permitirles pasar muy deprisa del principio del placer al principio de realidad, del que ellas van a resultar de alguna manera el agente.

En contraposición, las pulsiones sexuales se enganchan al principio del placer, lo que explica para Freud, como le recordaban Laplanche y Pontalis, que «una parte esencial de la predisposición psíquica a la neurosis proviene del retraso de la pulsión sexual a tener en cuenta la realidad».

Al principio todo se rige por el principio del placer, concebido por Freud para explicar la tendencia del psiquismo a querer descargar de forma inmediata toda tensión desagradable. Hasta su segunda tópica, introducida en 1920, Freud consideraba el placer ligado a la reducción de una excitación, y el displacer, procedente de una acumulación de estas excitaciones. En esta perspectiva, y a pesar de los matices que aportará, el principio del placer es, antes que nada, un principio económico. Caracteriza el funcionamiento del sistema inconsciente, es decir, los procesos primarios. Las pulsiones tienen tendencia a ser satisfechas de forma inmediata, a descargarse por las *vías más cortas*, como en el ejemplo del bebé que busca la satisfacción por la vía alucinatoria.

En lo referente al principio de la realidad, éste interviene como regulador del principio del placer. La búsqueda de la satisfacción no se efectúa por una descarga inmediata de la energía pulsional, sino por una transformación de esta energía libre en energía ligada. La satisfacción se difiere. La capacidad del psiquismo para esperar se convierte en la garantía de esta transformación. Las características del sistema preconsciente-consciente se desarrollan: la atención, el juicio y el razonamiento dibujan las cualidades por las cuales el psiquismo tiende en cualquier caso a buscar, para lograr satisfacerse, una identidad de pensamiento y no más una identidad de percepción con las primeras experiencias

CONCEPCIÓN FREUDIANA

que procuraron su satisfacción [17].

El narcisismo

Si el primer dualismo pulsional, que opone según Freud las pulsiones sexuales a las pulsiones del yo, permite comprender el funcionamiento del aparato psíquico y la constitución de las neurosis, Freud se plantea un gran enigma para la comprensión de las psicosis, como veremos en el próximo capítulo.

Dado que la experiencia con sus pacientes era limitada, Freud esperaba encontrar en Jung la experiencia clínica necesaria para explicar las psicosis a la luz de su descubrimiento de la sexualidad infantil. Fue de hecho Karl Abraham quien le dio una primera respuesta positiva al afirmar que en la esquizofrenia, llamada entonces *demencia precoz*, el enfermo mental hacía refluir sobre sí mismo, transfería sobre su yo toda la libido que había antes dirigido sobre el mundo exterior.

Ahora bien, como el primer dualismo freudiano enfrentaba las pulsiones sexuales a las pulsiones del yo, o funciones de autoconservación, el yo estaba, por tanto, desexualizado. Para C. G. Jung, que rechazaba considerar la libido como el origen de todos los afectos y que tenía tendencia a diluir este concepto freudiano esencial para el psicoanálisis en un concepto más vago de energía psíquica global, la demencia precoz se perfilaba como la ocasión de demostrar a Freud que, contrariamente a las neurosis, la enfermedad mental no se explicaba con referencia a la libido, a la energía sexual.

Si, hasta aquí, las pulsiones del yo servían para la represión de las pulsiones sexuales al preservar al yo de representaciones inconcebibles con su ideal moral o estético —lo que está en la base de las neurosis—, hacía falta dar un nuevo paso teórico suplementario para explicar las psicosis. De ahí surge el concepto de narcisismo.

Libido del yo y libido del objeto

Freud lo introdujo en el análisis del caso Schreber, en 1910, para mostrar que existe una fase de desarrollo de la sexualidad donde «el sujeto comienza por tomarse a sí mismo, por tomar su propio cuerpo como objeto de amor». Este estadio intermedio entre el autoerotismo de pulsiones parciales y el amor de objeto, permitió a Freud rechazar las tesis de Jung y mostrar que, en la esquizofrenia, la libido regresaba hacia el autoerotismo, mientras que en la paranoia del presidente Schreber, la libido regresaba al narcisismo.

Gracias a este concepto de narcisismo, o amor dirigido a la propia imagen como en el mito de Narciso, Freud conservaba la unidad de su teoría. Este concepto le permitía también comprender otras diferentes tendencias atribuidas al yo y desexualizadas en tiempos anteriores. La fatiga, el sueño, el dolor, la enfermedad son las consecuencias de una retirada de la libido del mundo exterior hacia el propio yo. Por eso, la libido del yo es difícil de distinguir de las funciones del yo. A partir de 1914, cuando Freud introdujo el narcisismo, aparece un nuevo dualismo: la libido del yo y la libido del objeto. (Veremos más adelante cómo Lacan retoma esta cuestión con el estadio del espejo.) Si este nuevo dualismo entre libido narcisista y libido ob-

---

[17] Los conceptos de *identidad de pensamiento* e *identidad de percepción* son aclarados en una nota anterior. (N. del A.)

EL PSICOANÁLISIS

jetal no convierte en completamente caduco el primer dualismo entre funciones de autoconservación, o pulsiones del yo, y pulsiones sexuales, inicia, en cualquier caso, un movimiento de elaboración teórica que condujo a Freud a un último dualismo pulsional, que enfrentaba las pulsiones de vida con las de muerte, al igual que a la segunda tópica del aparato psíquico: el ello, el yo y el superyó.

Pulsiones de vida y pulsiones de muerte

Lo que llevó a Freud a este nuevo y último dualismo pulsional que opone las pulsiones de vida con las de muerte, fue la necesidad de dar cuenta de ciertos hechos observados clínicamente que el dualismo precedente no podía explicar.

¿Cómo comprender la compulsión de repetir situaciones no placenteras, desagradables o dolorosas? ¿Cómo comprender la importancia de los autorreproches en una afección como la melancolía? ¿Cómo comprender el masoquismo primario y el odio? El principio del placer, tal y como lo hemos presentado rápidamente, no podía ya, a los ojos de Freud, dar cuenta de dichos fenómenos. De hecho, en la cura, la reacción terapéutica negativa y el rechazo a sanarse no podían ser interpretados a la sola luz de la oposición entre el principio del placer y el de realidad.

Freud postuló entonces la existencia de pulsiones de muerte, a las que opone las pulsiones de vida. La oposición entre el amor y el hambre se convierte en la oposición entre el amor y la muerte. Las pulsiones de muerte tienden a llevar al organismo vivo a un estado inorgánico, anterior a la vida. Su fin es el disolver los engranajes en unidades cada vez más pequeñas. Las pulsiones de vida tienden, por el contrario, a constituir unidades cada vez más grandes.

Desde este punto de vista, el propio análisis, en tanto que opera por desligamiento y fraccionamiento, sería obra de la pulsión de muerte. Comprendemos así la resistencia feroz que golpeó a los analistas cuando Freud elaboró este concepto. Al contrario, el amor aparece como un obstáculo para el análisis, lo que refleja la primera aportación freudiana de la transferencia como un fenómeno de resistencia.

En este nuevo dualismo pulsional, todas las pulsiones sexuales descritas anteriormente se encuentran reagrupadas en las pulsiones de la vida, incluidas las funciones de autoconservación que estaban atribuidas al yo. Ahora bien, esta noción del yo, presente desde el principio de la elaboración freudiana, iba a sufrir modificaciones progresivas y desembocar en el concepto del yo opuesto al ello y al superyó, en la segunda tópica.

La segunda tópica: yo, ello y superyó

Freud necesitaba de esta segunda tópica para dar cuenta de las defensas inconscientes, incompatibles con la idea previa de un yo que se confundía con el sistema preconsciente-consciente, y que sería, por tanto, totalmente consciente, tal y como lo presentaba la primera tópica.

Además, la investidura libidinosa del yo con la introducción del concepto del narcisismo, la hipótesis de nuevas instancias debidas a las diferentes identificaciones como el ideal del yo, lo mismo que los sentimientos de culpabilidad y los autorreproches presentes en la melancolía, llevaron a Freud a descentrar el yo del polo extremo que ocupaba en la primera tópica. El

CONCEPCIÓN FREUDIANA

yo puede ser el objeto de pulsiones de vida y de muerte, que conjuntamente componen el ello, concebido por Freud como el depósito de la energía pulsional.

Freud compara el yo a un político adulador y corrupto que se convierte en el agente de adaptación entre las exigencias pulsionales irreductibles del ello, las exigencias morales y críticas del superyó, al igual que aquellas de la realidad exterior. Es lo que le especifica desde el punto de vista tópico.

Desde el punto de vista dinámico, continúa representando el polo defensivo. Es el agente de la represión y de otros mecanismos de defensa. De esta forma es, en parte, inconsciente.

El ello es un término que Freud toma prestado de G. Groddeck. Determina las fuerzas desconocidas y no dominables de nuestra personalidad. Corresponde a las expresiones que utilizan los pacientes para explicar sus problemas. «Ello me llegó bruscamente, es más fuerte que yo».

Constituye el polo pulsional del aparato psíquico tal y como Freud lo concibe nuevamente. Es el único en el origen, y las dos otras instancias, el yo y el superyó, se desarrollan diferenciándose progresivamente del ello. Es caótico, sin organización propia, y permite la existencia de pulsiones contradictorias que no se suprimirán las unas a las otras. En este sentido, está regido por los procesos primarios que caracterizan el funcionamiento del inconsciente en la primera tópica.

En cuanto al superyó, Freud lo definía como el heredero del complejo de Edipo cuyo rol sería el de un juez respecto al yo, de la misma manera que los padres habían representado la conciencia moral, la censura que el niño no tenía al principio. En este sentido, el superyó se constituye por una interiorización de las prohibiciones parentales. En última instancia, se puede desencadenar contra el yo como en la melancolía, y ello permite comprender que el melancólico llegue a suicidarse. La noción estaba ya presente en el pensamiento de Freud tras los conceptos de censura o de los sentimientos de culpabilidad inconscientes.

Hemos visto cómo se arrastra al niño a renunciar a sus deseos edípicos. En lugar de continuar deseando a sus padres, de continuar invistiéndoles pulsionalmente, se identifica con ellos e interioriza sus prohibiciones. En este sentido, Freud decía que «el establecimiento del superyó puede ser considerado como un caso de identificación lograda» con los padres.

La identificación

Es un proceso importante para la constitución de la personalidad. El sujeto se viste con un uniforme que pertenece a otro y se transforma, a veces totalmente, según el modelo de ese otro. Podemos destacar que este proceso obra, por ejemplo, a la edad de cinco años, en la que un pequeño comienza a coger los mismos hábitos que su padre. Quiere ser como su padre, realizar el mismo oficio. Con ello demuestra que renuncia a su deseo edípico hacia la madre y a su odio rival hacia el padre. La identificación le permite esta renuncia a los deseos edípicos, y constituir igualmente un ideal del yo.

El ideal del yo y el yo ideal

Si el superyó se constituye por la interiorización de las exigencias y de las prohibiciones parentales, el ideal del yo se constituye como una identificación con los padres como modelo. El ideal del yo se forma con un: «Tú debes ser así», como tu padre, mientras que el superyó se caracteriza por un: «Tú no debes ser así», como tu padre.

La función del ideal del yo permitió a Freud comprender muchos de los fenómenos relativos a la formación de las masas, tales como la sumisión hacia un líder que ocupa, para los diferentes individuos de la masa, el lugar del ideal del yo. Mana entre ellos; los miembros de la masa se identifican en su yo. Esta ruptura entre el yo y el ideal del yo explica las aberraciones del comportamiento de las masas, fascinadas por el líder y dependientes totalmente de él.

La distinción del ideal del yo en relación al superyó y al yo permite también comprender la esencia misma del fenómeno amoroso, donde el objeto de amor está idealizado hasta el extremo. De esta forma, Freud puede explicar la naturaleza de la hipnosis, donde el sometido está sujeto de forma extrema a su hipnotizador. Era lo que ya había captado, aunque de forma intuitiva, cuando se decidió a abandonar la hipnosis.

En cuanto al yo ideal que muchos rechazan distinguir del ideal del yo, argumentando que Freud no los separaba de forma sistemática, Lacan nos enseña a distinguir el registro simbólico, propio del ideal del yo, y el registro imaginario donde se forma el yo ideal, a través del estadio del espejo, lo que le da una dimensión esencialmente narcisista.

Angustia y represión

Antes de cerrar este capítulo, hace falta abordar las observaciones que Freud hizo sobre los conceptos primordiales de la angustia y la represión.

Si, en su primera teoría, la angustia fue considerada como el resultado de una tensión libidinosa que no se pudo descargar, la posterior aportación de Freud, en 1926, en *Inhibición, síntoma y angustia*, es primordial. La angustia es ahora considerada como una señal de angustia que señala al yo una situación análoga antigua, que había constituido un peligro, y de la que el yo se va a defender con un mecanismo de defensa propio de cada estructura neurótica. Hay que precisar que la angustia no es el miedo. Lo que les distingue es el peligro real que provoca el miedo, mientras que la angustia se pone en marcha por la percepción de un peligro interno, sin causa aparente y suscitado por una exigencia pulsional del ello en conflicto con una prohibición del superyó.

Lo que en un principio era conflicto entre las exigencias pulsionales del niño y las prohibiciones de los padres se interioriza por el sujeto y se convierte en conflicto entre las instancias del propio psiquismo. Este conflicto provoca angustia, motor de la represión. El paso decisivo dado por Freud está aquí: al principio, él concebía la angustia como el resultado de la represión de las pulsiones sexuales y, por tanto, como el producto de una insatisfacción. Ahora, es la represión quien interviene para aliviar al sujeto de la angustia.

Esta represión tendrá un destino diferente según se trate de una histeria, de una neurosis obsesiva o de una neurosis fóbica, pero en los tres casos se habla de la angustia de la castración.

IV

EL ENFOQUE PSICOANALÍTICO DE LAS NEUROSIS, LAS PSICOSIS Y LAS PERVERSIONES

La represión y el retorno de lo reprimido

Hemos visto la importancia del concepto de represión para la teoría psicoanalítica. A lo largo de toda la obra de Freud, este concepto se mantiene presente como «la piedra angular sobre la que reposa todo el edificio del psicoanálisis». En efecto, es constitutivo del *inconsciente* al que engendra, y Freud ha hablado mucho de lo *reprimido* como sinónimo del inconsciente.

«Su esencia radica en el hecho de *apartar y mantener a distancia* del consciente» las representaciones inconciliables con las exigencias y las prohibiciones de la conciencia moral del sujeto, lo que supone un gasto de energía constante.

Según Freud, la pulsión sexual se presenta en el psiquismo a través de dos elementos diferentes: la representación y la cantidad de afecto que se le asocia. Como hemos visto anteriormente, la pulsión busca satisfacerse. Ahora bien, si es cierto que la satisfacción de la pulsión procura placer, éste también puede ser fuente de displaceres si se opone a las exigencias morales del sujeto. Es aquí donde entra en juego la represión [18].

La represión es, por tanto, un proceso a través del cual podemos olvidar lo que pudiera llegar a ser una fuente de conflictos internos susceptibles de provocar angustia. Es un mecanismo universal que permite simplemente el ser. «Ser, no es nada más que olvidar», decía Lacan. Pero la represión no es una operación definitiva en el sentido de que todo lo que se olvida será de una vez por todas presa del inconsciente y allí se quedará. Lo que olvidamos no nos olvida, y desde que se produce la represión se produce necesariamente un retorno de lo reprimido.

Sin este retorno de lo reprimido no hubiera habido jamás psicoanálisis. Y también podemos decir que no hubiera habido jamás sueños. El sueño es la primera manifestación de este retorno de lo reprimido, incluso si sólo Freud lo ha llamado así. Incluso el humor, el chiste o la risa dan fe de este retorno de lo reprimido. En fin, los lapsus o los actos fallidos constituyen otros modos a través de los que se manifiesta el deseo inconsciente, a través de los que lo reprimido vuelve a la superficie.

Podemos decir que, dado que estos modos habituales, *cotidianos*, de retorno de lo reprimido no son ya suficientes para canalizar el deseo inconsciente, todo esto se manifiesta a través del síntoma.

El síntoma

Como todos los demás retornos de lo reprimido, el síntoma es una formación de compromiso entre el deseo inconsciente, que busca expresarse, y una prohibición que se opone a la toma de conciencia de ese deseo. El síntoma satisface, por tanto, las exigencias pulsionales (del ello) y las exigencias morales (del superyó). De aquí su capacidad de resistencia y de permanencia en el tiempo. La medicina no puede hacer nada, y toda intervención terapéutica intempestiva no hace otra cosa que desplazar el síntoma. Dado que, en la medida en que es el resultado de un

---

[18] P. Ricoeur ha propuesto el término *presentación* como traducción de *Repräsentanz*, siguiendo a los traductores de Collected Papers. *Repräsentanz* designa la expresión psíquica de la pulsión, sea de índole representativa (relacional) o afectiva. Para la presentación representativa, Freud utiliza *repräsentierende vorstellung*. (N. del A.)

EL PSICOANÁLISIS

compromiso entre dos instancias en conflicto en el interior del psiquismo, termina por representar al sujeto. Y dado que el sujeto no tiene otra posibilidad de expresar de otra forma el conflicto que le divide, se aferra al síntoma. El sujeto sostiene su propio síntoma hasta el momento en que Otro puede escucharle y le permite decir, de otra forma, con palabras, lo que hasta ese momento no podía decir más que a través de su cuerpo. Sin voluntad terapéutica previa, la «curación vendrá de forma suplementaria», como decía Freud.

La dificultad de la práctica psicoanalítica viene de la toma de consciencia del sufrimiento del sujeto, pero también de la necesidad de respetar su división: el síntoma no es únicamente sinónimo de sufrimiento. De aquí procede el escándalo imputado al psicoanálisis, y también la resistencia cada vez más vigorosa por parte de la ideología médica.

En su reencuentro con el histérico, el fóbico o el obsesivo, la escucha del analista ha dado la vuelta radicalmente al embargo de la psiquiatría sobre estas maneras de ser del mundo, transformadas por la medicina en enfermedades a tratar. Incluso si en un caso extremo el tratamiento obliga a pasar por la mesa de operaciones.

En efecto, incluso ahora podemos encontrar en los cuerpos de algunos histéricos insensibles, *indiferentes* a sus propios síntomas, las cicatrices características de los multioperados, y en el cuero cabelludo de ciertos obsesivos completamente desafectados, las trazas de un escalpelo que les ha *lobotomizado*. Es decir, la resistencia al descubrimiento del inconsciente sigue, hoy por hoy, siendo muy importante.

Pero si el histérico o el obsesivo sufren aún por el desconocimiento activo de una ideología médica que sólo puede fundamentarse sobre el rechazo del inconsciente, el esquizofrénico y el paranoico sufren, además, el rechazo de la propia sociedad, precisamente porque su inconsciente está a flor de piel, porque *su inconsciente habla solo*. Por no poder reprimirlos, los psicóticos sufren la *represión* social en el interior de los muros de un asilo. Para que no se les escuche más.

Si la represión estructura el psiquismo y constituye la esencia de las neurosis, la ausencia de represiones nos permite comprender la esencia de las psicosis.

La negación de la realidad, la ausencia de represión, el rechazo o la exclusión

El psicótico, incapaz de olvidar, arrastra consigo mismo un malestar que suscita en su interlocutor una sentimiento de sorda ansiedad.

Freud trató de comprender lo que, en el psicótico, corresponde al mecanismo de represión propio de la neurosis. En el análisis de la paranoia del presidente Schreber, Freud separa el mecanismo de la proyección que permite comprender que «aquello que es abolido en el interior» vuelve del exterior bajo la forma de la alucinación. El psicótico escucha voces del exterior que le dicen crudamente lo que el neurótico, bajo una forma desfigurada por la censura, retoma gracias al retorno de lo reprimido.

Enseguida, Freud elaboró el concepto de *negación de la realidad* para explicar la actitud del psicótico que rechaza reconocer la realidad de una percepción traumatizante. El psicótico aparece como alguien muy extraño para el mundo que le rodea,

NEUROSIS, PSICOSIS Y PERVERSIONES

como si estuviera viviendo despierto un sueño que no puede reprimir, como el neurótico reprime la representación insoportable. Condenado a negar la existencia de esta representación, el psicótico se ve arrastrado a negar una parte de la realidad que aún está ligada a aquélla. En el lugar de la parte de la realidad negada aparece otra realidad, alucinatoria, en la que el psicótico cree tanto como el soñante está convencido de la realidad de su sueño.

Hay, por tanto, un fracaso de la represión en el psicótico, un fracaso de la metáfora paterna, como veremos más adelante con el concepto de repudio (forclusión) elaborado por Lacan. Hay un fracaso de la represión original, concepto elaborado por Freud para explicar la primera fase de la represión.

La represión original

Esta primera fase de la represión consiste en una doble fijación: la representación psíquica de la pulsión que ve rechazado su acceso a la consciencia se fija a la pulsión, y el conjunto se inscribe en un lugar que fundará por el hecho mismo el inconsciente.

Enseguida, estos primeros elementos constitutivos del inconsciente van a ejercer un movimiento de atracción sobre las representaciones inadmisibles en el campo de la consciencia y rechazadas por las instancias prohibidas: es la segunda fase de la represión, o la represión propiamente dicha de la que ya habíamos hablado antes. El retorno de lo reprimido constituye la tercera fase.

La represión y el fracaso de la represión son el origen de la clínica de las neurosis y de las psicosis [19].

La histeria

Sin la histeria, el psicoanálisis no hubiera visto la luz. Con la histeria, el psicoanálisis sigue aprendiendo. Si Freud elaboró los conceptos teóricos del deseo del histérico, el histérico, por su parte, vela por que estos conceptos no le encadenen, no le estigmaticen. El histérico vigila que el discurso del psicoanálisis no se transforme en un discurso de maestría, como el de la medicina. El histérico recuerda constantemente al analista que no puede utilizar la teoría analítica para encadenarle, porque de ser así podría romperse. Y si el analista lo intenta, el histérico se le escapa, desafiando su saber o simplemente parando el proceso de curación.

Es lo que le pasó a Dora, la primera histérica analizada por Freud en 1905.

Dora

Freud acababa de abandonar la teoría de la seducción en favor de la teoría del deseo inconsciente, puesto que era el deseo inconsciente el que organizaba

---

[19] Convendría distinguir dos únicos momentos en el proceso represivo, uno primordial, postulado por Freud por necesidad teórica, y otro secundario, la represión propiamente dicha, que va ampliando los efectos de aquel primer tiempo. En cuanto a la aparición de la clínica neurótica, sí es posible hablar de tres fases: una de represión, otra de fracaso de dicha defensa, y una tercera de retorno de los productos reprimidos desde el inconsciente, esta vez en forma de síntomas. Si ese mismo esquema se puede aplicar a las psicosis es discutible, ya que en ellas no hay represión *sensu strictu*. (N. del A.)

EL PSICOANÁLISIS

el fantasma de la histeria, precisamente el fantasma de ser seducida. Si la histérica cuenta que, siendo niña, fue seducida por su padre, y si Freud, en principio, creyó en la realidad histórica de esta seducción, le quedó claro en 1905 que estas escenas de seducción eran el producto del deseo del histérico. Dicho de otra manera, si la histérica cuenta que fue seducida por su padre es simplemente porque ella deseaba ser seducida.

El paso dado por Freud fue enorme: con él, el deseo inconsciente en toda su amplitud sale a luz del día. Y ahí se produce el descubrimiento del psicoanálisis.

Pero este paso dado por Freud quedó cegado por otra teoría, precisamente la que el propio Freud encontró escondida detrás de la teoría de la seducción: la teoría del deseo edípico. Con esta teoría como fondo, escuchó a Dora. Todo lo que esta paciente le contó fue entendido por Freud como una atadura edípica respecto al padre. Ahora bien, no era el señor K, cuya mujer era cortejada y amada por el padre de Dora, lo que le interesaba a la joven paciente. Era la esposa del señor K, la propia señora K, quien interesaba a Dora.

Al no haber comprendido esta realidad y al haber reducido el interés de Dora a un deseo edípico hacia su padre, deseo desplazado hacia el señor K, y posteriormente al propio Freud durante la transferencia, la paciente Dora interrumpió su cura.

Una vez que, en 1923, Freud volvió sobre el caso, reconoció que había pasado por alto la homosexualidad de Dora: lo que le interesaba a la paciente, lo que causaba su deseo, no era el señor K, sino su mujer. Y es ésta la razón por la que la bofetada de Dora al señor K se ha convertido en legendaria en la historia clínica de la histeria: en el momento en que, mientras cortejaba a la joven mujer y creyendo persuadirla de la exclusividad de su deseo hacia ella, el señor K le dijo: «Mi mujer no significa nada para mí», Dora le abofeteó y se fue.

La bofetada y la interrupción de la cura tienen el mismo significado: ni el señor K ni el propio Freud habían comprendido lo que atraía de veras a la joven. En este sentido, podemos decir que la interrupción de la cura es una lección que puede dar un histérico a su analista, de la misma manera que la bofetada representa una lección para el que le corteja.

Pero ¿qué quiere Dora? ¿Qué desea esta dama histérica? ¿Que quiere la mujer? Después de la propia rectificación de Freud sobre el caso Dora en 1923, se ha vuelto un clásico considerar que la cuestión de la histeria se debe plantear así: ¿Soy una mujer o soy un hombre?

Esta pregunta ordena, es cierto, una gran parte de la clínica de la histeria, tanto sobre su vertiente defensiva como en la ofensiva (F. Perrier).

La vertiente defensiva

La vertiente defensiva recubre toda la sintomatología somática del histérico, quien encarga de esta forma a su cuerpo plantear, en su lugar, la pregunta inasumida de su identidad sexual. Freud no se había equivocado al ver detrás de cada síntoma histérico un *fantasma bisexual*.

Mientras que para el médico y para el saber constituido se presenta como un desafío, el síntoma sirve al histérico como un arma fálica con la que se mide con el poder médico. ¿Quién es el más fuerte?, es lo que parece preguntar el histérico al médico, identificado aquí como un maes-

NEUROSIS, PSICOSIS Y PERVERSIONES

tro seguro del saber. Detrás de esta pregunta se esconde otra: ¿Quién es el hombre? La histérica, tras su aparente pasividad, se resiste al poder médico que la confina en una dialéctica mutilada que sustituye la oposición hombre-mujer por los binomios fuerte-débil, activo-pasivo.

Desde este punto de vista, se puede decir que el histérico se debate constantemente con el *estado fálico* que vimos anteriormente, es decir, que trata de responder a su pregunta: «¿Soy una mujer o soy un hombre», reduciéndola a una falsa alternativa: «¿Debo ser pasiva para ser una mujer?», lo que rechaza, reivindicando una actividad que su entorno, desgraciadamente, tomará como una impostura masculina. Ahora bien, estos efectos engañosos del estado fálico no son únicamente propios de la histérica. Constituyen un factor dominante en la ideología ambiente que hace de la mujer el complemento del hombre y de la relación entre los sexos un producto de complementariedad.

Y fue precisamente porque Freud tenía prejuicios en este terreno por lo que falló en el caso de Dora, haciendo de ella, y a su manera, la primera militante en favor de la igualdad de los sexos.

La vertiente ofensiva

Es sobre esta vertiente ofensiva sobre la que encontramos a la mujer histérica actual. Su frigidez se debe a la impotencia de su marido, incapaz de hacerla disfrutar. A «la hora del marido», ella no está disponible para las gratificaciones sexuales. «A su hora», el marido es forzosamente impotente porque tiene el sentimiento, la idea, de que su erección responde a una orden de su mujer. ¿Se puede superar este dilema eterno de la pareja, muy finamente captado por François Perrier, y que Lacan dedujo de un axioma principal, formulado en una frase célebre: «No hay relación sexual»?

Parece que la histérica aspira a responder que sí, jugando la carta del amor contra aquella que representa el deseo. Si, como dice Lacan, el amor es dar aquello que no se tiene, la histérica parece consagrada en cuerpo y alma a llevar la bandera del amor. Y el amor puede, en efecto, curarla: de su insatisfacción, de su frigidez y de su envidia del pene tal y como ella la conoció en su estado fálico.

La histérica y el amor

Para muchos psicoanalistas, la histérica no ha evolucionado hacia una sexualidad *genitalizada* o hacia la envidia de poseer un pene como el hombre, sino que puede pasar a tener el deseo de recibir el pene, de llevarlo consigo y de dejarse embarazar. La famosa ecuación simbólica freudiana (niño = falo) puede entonces *indemnizar* a la mujer histérica de lo que ella considera una herida narcisista, que no es más que la ausencia del pene. Esto a condición de que su compañero no considere que él posee aquello que la puede satisfacer.

Si el compañero de la histérica se da cuenta de que le falta alguna cosa que su mujer puede ofrecerle, si reconoce la falta de algo donde el histérico puede extenderse, entonces el don o favor que le hace al histérico puede tener un efecto mutante y modificarlo desde el interior. En revancha, si concibe a su mujer como un receptáculo que únicamente él puede llenar, a imagen y semejanza de la complementariedad anatómica entre la vagina y el pene, entonces el encuentro falla. En este caso, como dice L. Israël, el hombre transforma el deseo de la histérica, que es un deseo de deseo, en una demanda de objetos sustitutivos

63

de los cuales él será el fiero propietario. La histérica demanda, por tanto, amor al hombre que es capaz. Y esto no es una impostura o un fracaso, dado que el amor es el reconocimiento de una ausencia, de una falta que sólo otro puede llenar. Si es amada, la mujer histérica puede aceptar que una parte de su cuerpo sea deseada, que su cuerpo contenga el objeto que causa el deseo del otro.

La histérica y el analista

Como ya hemos mencionado en las *lecciones* dadas por Dora a Freud, el análisis de la histérica se basa en la capacidad del analista de reinventar con la propia histérica la teoría analítica. Si el analista recibe a la histérica y la escucha con la cartilla freudiana preestablecida, se comporta como un amante incapaz de ser otra cosa que «el hijo de un padre célebre». El analista no puede, bien entendido, inventar una teoría para cada uno de los casos que se le presentan. A pesar de esto recibe la recomendación de que olvide su saber con el objetivo de reencontrarlo en una reinvención común con la histérica. Esto es lo que también pasaba al principio, cuando la paciente de Breuer, Anna O., inventó el psicoanálisis llamándolo *talking cure* o *cura por la palabra*. «Cállese —le decía una de sus pacientes histéricas a Freud—, déjeme hablar a mí».

La escucha del analista invita a la histérica a producir palabras por sí misma, los significantes que la habían constituido, en primer lugar, como sujeto, es decir, los significantes que le permitieron reprimir sus deseos inconscientes. La escucha le invita a dar a luz aquello que ella lleva como significantes de su goce. Allí donde el maestro hablaba ocupando su plaza y hablando a través de ella, el analista le propone retomar sus propias palabras y salir así del dilema que le enfrentaba al maestro: la sumisión o la revuelta. Todo esto a condición de que el analista no se sitúe en la posición del maestro, posición en la que la histérica siempre pretenderá situarle para librar con él un duelo al que ella está habituada: luchar con el maestro para cambiarlo completamente, convirtiéndose ella en la maestra.

Hace falta que el analista esté advertido para no dejarse arrastrar hacia ese terreno donde la histérica destaca. Y si se deja arrastrar, la interpretación se convierte muchas veces en ineficaz, pues la histérica ya ha ganado esa partida. Para François Perrier, esto depende de la concepción que el analista se haga de lo fálico.

Si el analista no concibe la sexualidad femenina como complementaria de la sexualidad masculina, hay una posibilidad de ayudar a la histérica, que no se sentirá ya obligada a luchar para reafirmarse en el duelo clásico al que se ve abocada repetidas veces.

La mujer puede dar al hombre un cierto acceso a algo más allá del falo, dado que «no es del todo sumisa a la función fálica», como decía Lacan. La histérica, enferma de la feminidad, puede dar al analista un cierto acceso a algo más allá del concepto teórico de "privilegio femenino por un duelo de concepto". Ello, a condición de que el analista acepte.

La maternidad, principal misterio de la feminidad

Para terminar, es importante señalar que si hasta ahora he hablado de histérico en femenino, es porque la histeria se encuentra mucho más habitualmente en la mujer que en el hombre, quien, por su parte, está mucho más cercano a la estrategia del obsesivo. Lo que no significa que no haya hombres histéricos o mujeres obsesivas

Únicamente, y lo mantengo aquí siguiendo la línea reciente de un colega (N. Kress Rosen), parece que la histeria es una enfermedad de la feminidad, tanto en el hombre como en la mujer. Y esta *enfermedad*, como su nombre indica desde la Antigüedad (de *hustéra*, matriz o útero), parece interrogar además y sobre todo a una de las grandes figuras de la feminidad, la maternidad.

El sentimiento de Dora hacia la señora K, hecho de *adoración* y contemplación, no parece limitado únicamente a la dimensión de la homosexualidad, como lo reconoció el propio Freud a posteriori, en 1923, con la pregunta sobre la homosexualidad en el aire, mucho más cerca él mismo de lo que parecía interesarle a Dora, algo que no había tomado en cuenta en 1905.

Ahora bien, en la actualidad es normal considerar que en el juego de las identificaciones, la mujer histérica adopta la posición del hombre para mantener a la mujer con su misterio. En su relación con una pareja, la histérica siempre está interesada por la mujer del hombre que le atrae. De ahí la frecuencia de las *escenas de tres* en sus fantasías.

Si, en efecto, la histérica se identifica más con su padre que con su madre, para sondear el misterio de ésta, es importante recordar que uno de los principales misterios de la feminidad es la maternidad. Así, se ha constatado en numerosas ocasiones una reducción de los síntomas histéricos en la mujer embarazada. Lo que nos permite preguntarnos sobre la oralidad en la histérica enfocado bajo otro punto de vista distinto que el de la devoración fálica. ¿No será el seno mucho más un objeto de amor que un objeto de deseo?

La neurosis obsesiva

Dado que ella da de sí misma una imagen turbia, de carne ambigua por bisexual; dado que ella se presenta ante la sociedad como una mala madre, y dado que ella no deja de desafiar los saberes constituidos, la histérica es mal aceptada por la ideología ambiente, mientras que, por el contrario, el obsesivo pasa desapercibido, dócil y sumiso al orden establecido del saber.

Si la histérica parece reivindicar todo para ella, el obsesivo diría, según la fórmula de Lacan, «todo para el otro». Todo para el otro con el objetivo de que permanezca vivo y el obsesivo pueda destruirle de forma continuada. El obsesivo se comportaría como un banquero escrupuloso, preocupado e informado sobre el estado de salud del cliente deudor, para así poder continuar sangrándole.

El carácter anal

Es de hecho, en el contexto de la banca, donde se encuentran los más numerosos casos de obsesivos. Contar el dinero, ponerlo en orden, clasificarlo, catalogar, son las actividades en las que el obsesivo sobresale, destaca. Controlar es la palabra maestra del obsesivo. He aquí el porqué de encontrarlo en los puestos de poder, en los lugares de control. La burocracia es lo que más le conviene, dado que todo está controlado, planificado

EL PSICOANÁLISIS

con anterioridad. En efecto, su preocupación principal es evitar los imprevistos. Por ello, cada cosa debe estar en su sitio, incluida la propia persona obsesiva. De ahí viene la regularidad ejemplar del orden, de la meticulosidad, de la limpieza.

Allí donde el histérico deja estallar con exceso el más mínimo de sus sentimientos de cólera, aunque los olvide inmediatamente después, el obsesivo se domina y controla todo exceso, especialmente los agresivos. Pero los rumia. Al carácter colérico, pasional y teatral de la mujer histérica, el hombre obsesivo opone un carácter contenido, neutro y poco expresivo.

Entendemos bien ahora, después de la explicación anterior, por qué el obsesivo se debate con las pulsiones anales. Si todos tenemos necesidad de ciertos rasgos de carácter anal para sobrevivir, la estructura del obsesivo realmente los colecciona.

El síntoma obsesivo

El síntoma obsesivo se presenta generalmente como una caricatura del rasgo de carácter anal.

De la limpieza a veces excesiva se pasa a los rituales de lavado. El obsesivo llega a lavarse las manos hasta cuarenta veces al día. Y si el jabón no es suficiente para limpiarse recurre al alcohol.

La verificación se convierte de hecho en un síntoma invalidante de la vida cotidiana. Un mecánico me contó que él no podía reemprender su trabajo sin haber antes verificado un número incalculable de veces que había colocado bien un tornillo.

Si el histérico es *indiferente* a su síntoma, el obsesivo sufre enormemente. Freud explicaba esta diferencia por el éxito de la represión en la histeria frente a su fracaso en la neurosis obsesiva. Mientras que, en la histeria, la conversión del afecto en el cuerpo permite al histérico olvidar de hecho todo lo que el síntoma representa, en la neurosis obsesiva hay una especie de progresión continua en las actitudes defensivas con el objetivo de mantener lo reprimido en su lugar.

Cuando la formación reactiva no es suficiente para luchar contra las pulsiones sádicas anales por un exceso de bondad, gentileza, solicitud o limpieza, el obsesivo trata de aislar la representación reprimida no solamente separándola de su afecto, lo que explica su aspecto desafectado y neutro, sino también aislándola de toda conexión asociativa. Esto explica por qué el sujeto obsesivo destaca en el campo de los pensamientos abstractos, dado que la sobrevaloración propia de los procesos secundarios que caracterizan el sistema preconsciente-consciente permite al sujeto obsesivo luchar eficazmente contra la irrupción de la representación reprimida. Pero esto no tiene éxito más que durante un tiempo, mientras existe la neurosis, y el sujeto está entonces obligado a luchar aún más activamente anulando retroactivamente todo pensamiento o gesto que pudiera ser el soporte de la representación indeseable.

Esto es lo que explica uno de los principales aspectos de los ritos y rituales, particularmente la repetición de los gestos, lo que no es más que una tentativa desesperada de anular el gesto precedente.

La fantasía del obsesivo

La fantasía del sujeto obsesivo se organiza alrededor de su propia eliminación en beneficio de Otro todopoderoso para quien el sujeto no es más que el desperdicio.

Si la fantasía de la histérica, en su naturaleza bisexual, trata de responder a la cuestión sobre la diferencia de sexos, el sujeto obsesivo tiene un margen de maniobra aún menor, porque se trata de su propia existencia enfrentada a la demanda del Otro, quien, por su parte, aparece como amenazado. Lo hemos visto en el estadio anal, donde, para tratar de reafirmarse como sujeto deseoso frente a la demanda del Otro, el sujeto queda finalmente condenado a identificarse con sus excrementos, que desaparecen y son recogidos por el poder del Otro.

El obsesivo y el analista

La cura del obsesivo requiere por parte del analista una gimnasia completamente distinta a la que debe utilizarse con el histérico. Es importante recordar que fue el análisis de los obsesivos lo que llevó a Lacan a modificar el tiempo de las secuencias y a practicar las sesiones de duración variable [20].

Si no es así, el sujeto obsesivo construye su discurso en función de la hora fijada y no deja espacio alguno para la palabra imprevista. Puede pasar un tiempo infinito sobre el diván sin que nada cambie.

La relación con el analista es la ocasión del obsesivo para desplegar su fantasía, esencialmente sadomasoquista. Y es aquí precisamente donde al analista le esperan las dificultades, ya sean procedentes de su intervención como de su no-intervención.

Si con la histérica es la identidad sexual del analista la que se somete a una ruda prueba, con el obsesivo es toda su identidad, ni más ni menos, la que es atacada.

La neurosis fóbica o la histeria de angustia

Si el obsesivo despliega tanta energía para luchar contra la irrupción de un deseo inconsciente en el que la trama sádico-anal corre el riesgo de poner en marcha su angustia, el fóbico lucha para evitar una angustia que aparece repentinamente como consecuencia de una situación precisa y localizada en el exterior.

Si Freud habló de histeria de angustia más que de neurosis fóbica fue debido a la presencia de síntomas fóbicos en los diferentes cuadros clínicos de las neurosis y las psicosis, y también con el objetivo de mostrar su proximidad estructural con la histeria de conversión.

Fue con un niño de cinco años, cuyo padre pertenecía al entorno de Freud, Juanito, a través del cual Freud tuvo por primera vez la oportunidad, en 1908, de desarrollar la importancia de la angustia de castración, de especificar la neurosis fóbica y de dar el pistoletazo de salida al psicoanálisis infantil.

Las fobias

Lo que especifica inmediatamente la fobia, tal y como es entendida por el común de los mor-

---

[20] La modificación técnica que suponía el tiempo variable de duración de la sesión analítica fue uno de los mayores puntos de desacuerdo entre Lacan y la Asociación Psicoanalítica Internacional que determinaron su andadura independiente uno de la otra. (N. del A.)

EL PSICOANÁLISIS

tales, es el desencadenamiento de la angustia en una situación precisa. ¿Quién no tiene algún conocido que no puede subir en ascensor, montar en autobús o en avión, mirar un gato? El miedo a enrojecer o a hablar en público es algo muy extendido. Lo mismo que el miedo a las escaleras o el tener vértigo. La lista de agorafobias, claustrofobias y zoofobias es muy larga.

Sin embargo, la timidez es, por supuesto, el rasgo de carácter más constante de las personalidades fóbicas. Y como hemos visto para ciertos rasgos de carácter propios de la estructura obsesiva que todo el mundo comparte, todos nosotros compartimos con la estructura fóbica el nerviosismo, el miedo a algún animal particular y la angustia de los exámenes.

Igual que en el desarrollo del niño, donde la angustia de la castración se mantiene como el momento crucial que va a permitirle reestructurarse, renunciar a sus deseos edípicos, olvidar su amor por su padre y su madre y llevar este amor hacia otros. La aparición de fenómenos fóbicos transitorios en el niño es algo que puede considerarse habitual. No tienen nada de alarmantes y dan fe en la mayor parte de los casos de una estructuración, lo mismo que la angustia fóbica cuando ésta aparece en la cura de los pacientes histéricos.

Sin embargo, ciertas fobias, como las dismorfofobias, o fobias de la deformación de la cara y el cuerpo, pueden, cuando aparecen entre los adolescentes, dar fe de que existe un posible modo de entrada en la esquizofrenia. Podemos ver que los síntomas fóbicos son múltiples, lo que explica por qué Freud trató de especificar una estructura propia de la neurosis fóbica llamándola histeria de la angustia.

La estrategia fóbica en la neurosis fóbica

En su primera teoría de la angustia, Freud pensaba que la energía libidinal, el afecto desinvestido no se convertía en el cuerpo como ocurría en la histeria de conversión, sino que se descargaba bajo la forma de la angustia. Después de 1926, tras haber comprendido que era la angustia la que provocaba la represión y no al contrario, fueron el fracaso de la represión y la reaparición de la angustia los que especificaron la histeria de angustia.

A diferencia del sujeto obsesivo, quien continúa construyendo un muro de defensa tras otro con tal de seguir luchando contra la representación capaz de provocarle angustia, el fóbico ha encontrado otro medio: gracias al desplazamiento y a la proyección hacia el exterior de la representación reprimida, él consigue transformar el conflicto interno, causa de su angustia, en una situación externa que también él puede —diferencia fundamental— evitar. Evitar es la palabra clave de la estrategia del fóbico.

El fóbico ha encontrado así una solución más económica. Las representaciones sexualizadas, que retoma a la fuerza, son desplazadas simbólicamente sobre portadores externos que el fóbico puede evitar de una manera mucho más fácil.

Freud explicó la fobia del caballo de Juanito por la ambivalencia cara al padre proyectada hacia el exterior: el miedo a ser mordido por el caballo representa el miedo a ser castrado por el padre. El conflicto ambivalente al que estaba sometido el pequeño Juanito quedaba desplazado y resuelto a cambio del miedo y de evitar los caballos. En el miedo al vacío, el cuerpo del sujeto se identifica a aquello

NEUROSIS, PSICOSIS Y PERVERSIONES

que puede desprenderse entre él y la madre, y que se hunde en una caída sin fin. En la claustrofobia, encontramos frecuentemente el deseo y el temor inconscientes de estar encerrados en el cuerpo de la madre.

La problemática inconsciente en la que está sumido el fóbico es, como en las otras neurosis, la problemática edípica. La castración, ya lo hemos visto, no se refiere únicamente a la castración del niño, sino también a la de la madre, entendida esta última como una operación realizada por el padre sobre la unión imaginaria de la madre y el niño, quien por su parte se identifica con el objeto fálico capaz de llenar la falta de la madre. Es en esta cuestión sobre el ser o el tener que se debate el sujeto, conflicto que suscita su angustia y contra el cual se defiende con la estrategia que acabamos de describir.

El elemento clínico importante que aún queda por mencionar es lo que clásicamente se define como el objeto contrafóbico. Es la función que el sujeto da a lo que va a permitirle protegerse contra la angustia de una situación que él teme de forma habitual. Así, si un fóbico está acompañado por una persona cercana, puede más fácilmente cruzar la calle, coger el autobús o descender al metro.

La paranoia

Freud tenía ya una concepción relativamente completa de lo que estructuraba las neurosis cuando entró en contacto con C. G. Jung, asistente de E. Bleuler, director de un célebre hospital en Zúrich, el Burghöezli. Tradicionalmente se considera que Freud trataba de sacar al psicoanálisis del gueto vienés. Bleuler y Jung le interesaban sobre todo por esto, pero una lectura atenta de la correspondencia entre Freud y Jung demuestra que Freud tenía otro tipo de interés distinto al de su reconocimiento por parte de la psiquiatría suiza. Su práctica con los psicóticos era limitada, y Freud esperaba que Jung se convirtiera en alguien que pudiera ayudarle a extender la concepción psicoanalítica del campo de las neurosis al campo de las psicosis.

Sin embargo, Freud tenía ya una idea precisa sobre la mayoría de los mecanismos específicos de la psicosis, más en particular en lo que se refería a la paranoia, término bajo el cual Freud ordenaba la mayor parte de los delirios crónicos.

El presidente Schreber y los alumnos de Freud

Fue Jung quien puso a Freud en la pista de *Memorias de un neurópata*, libro escrito por D. P. Schreber, presidente de la cámara de justicia de apelaciones de Dresde, y que recopilaba la historia de su delirio y de su hospitalización entre 1893 y 1900.

El propio libro, la interpretación que de él da Freud y todos los textos, disertaciones y artículos que le han estado consagrados hasta el día de hoy dan fe de la riqueza incalculable de lo que llamamos *la paranoia del presidente Schreber*. Freud terminó su artículo sobre Schreber después de un viaje a Italia con Sandor Ferenczi, uno de sus alumnos favoritos. La relación entre ambos estuvo marcada por un malentendido, en el sentido justo del término, que Ferenczi no dejó de reprochar a Freud hasta el fin de su vida. Este malentendido estaba ligado a la interpretación dada por Freud al caso Schreber. Freud tenía tendencia a extender esta interpre-

69

EL PSICOANÁLISIS

tación entre sus alumnos. Él pensaba que Jung y Ferenczi estaban enredados en sus pulsiones homosexuales y que corrían el riesgo, como W. Fliess, de «desarrollar una bella paranoia» queriendo desembarazarse de sus inclinaciones hacia él. Este malentendido fue la causa de la ruptura con Jung y de las protestas de Ferenczi, quien juraba a Freud que «él no era paranoico».

La interpretación de Freud

La interpretación dada por Freud a los cuatro grandes temas del delirio paranoico giran alrededor del rechazo por parte del paciente de su homosexualidad, homosexualidad que se puede formular así: «Yo, un hombre, le amo; a él, un hombre».

El delirio de persecución

El delirio de persecución, que corrientemente se asimila a la paranoia por parte del gran público, asimilación que encontramos frecuentemente en la expresión «no te pongas paranoico», es la convicción por parte del sujeto de estar siendo vigilado, espiado, perseguido y odiado por una persona organizadora de un complot más o menos extendido del que el propio sujeto es el objeto. Freud da la siguiente interpretación de este delirio. Incapaz de reconocer sus pulsiones homosexuales, el paranoico reniega, elimina de su interior las representaciones de estas pulsiones, después de haber invertido su sentido. Él proyecta todo hacia el exterior, lo que provoca el nacimiento del delirio de persecución. Tomaremos el caso de un hombre.

La formulación «yo le amo, a él, un hombre» sufre una primera transformación y se convierte en «yo no le amo, le odio». El sentimiento de odio se proyecta hacia el exterior y vuelve al sujeto bajo la siguiente forma: «Él me odia, él me persigue». En este momento, el odio del paranoico hacia su perseguidor está justificado. «Yo le odio porque él me persigue». la focalización del paranoico en el odio le permite desconocer completamente su amor homosexual.

La erotomanía

Otro de los aspectos del delirio paranoico es la erotomanía. El sujeto está convencido de que muchas personas del sexo opuesto le aman. Para Freud, la erotomanía, que se puede formular así: «Ella me ama», es otra forma de rechazo de la homosexualidad: «No es a él a quien yo amo, es a ella a la que amo, la amo porque ella me ama».

El delirio de los celos, de la envidia

Freud lo considera como otra forma delirante por la cual el paranoico rechaza su homosexualidad. «No soy yo, un hombre, quien ama a otro hombre, es ella quien le ama». Encontramos en otras partes esta dimensión homosexual bajo otras formas de celos que no son, sin embargo, delirantes.

La megalomanía

El delirio de grandeza, o megalomanía, es la última forma de delirio paranoico. Freud la constató en Schreber bajo el aspecto de una megalomanía mística: Schreber se tenía por la mujer de Dios, a quien él debía dar una raza nueva.

Freud vio la transformación de la pulsión sexual de la siguiente forma: «Yo no amo a nadie, sólo me amo a mí mismo».

NEUROSIS, PSICOSIS Y PERVERSIONES

Por muy pertinentes que sean las interpretaciones freudianas de las cuatro formas de delirio en la paranoia, éstas dejan al lector bastante perplejo, precisamente porque son demasiado convincentes. Por lo menos en lo que se refiere a la paranoia del presidente Schreber.

A pesar de la perfección gramatical de esta demostración de Freud, su empeño por demostrar la persecución de Fliess y la potencial de Jung y Ferenczi le llevaron a acentuar en exceso el papel de la homosexualidad y a ignorar que lo que acosa a un hijo está, dado que su padre no se reconoce a sí mismo como hijo de su propio padre, provocando también una perturbación en el orden de las generaciones.

El punto de vista de Lacan

Podemos decir que Lacan ha retomado la interpretación del caso en el punto donde Freud lo dejó en suspenso, precisamente en la cuestión de la procreación y de la paternidad.

Al centrar su interrogante sobre el delirio de procreación, Lacan llegó a la hipótesis de que, porque no pudo ser padre (Schreber no tenía hijos), Schreber se tomó a sí mismo por una mujer para así resolver el enigma de la procreación. El estudio del caso permitió a Lacan desarrollar el concepto de la forclusión. El significante de ser padre, el significante del nombre del padre está forcluido en Schreber. En su lugar aparece en su delirio la producción del tema de la procreación.

Interesándose en los escritos del padre de Schreber, que era un gran médico, conocido sobre todo por su celo reformador y educativo, Lacan formuló la hipótesis de que, en este caso, era la relación del padre con la ley lo que generó la psicosis del hijo. Allí donde Freud consideraba al padre como un «padre excelente...».

El interés hacia el caso Schreber sigue siendo muy grande por parte de los psicoanalistas. Entre los casos célebres analizados o comentados por Freud es probablemente el que con mayor frecuencia se cita dentro de la literatura psicoanalítica.

La esquizofrenia

Si la paranoia está caracterizada por un delirio sistematizado que deja libre el resto del campo de la consciencia, lo que permite al paranoico una relativa adaptación al mundo que le rodea, el esquizofrénico tiene problemas para estructurar su delirio, que le invade enteramente y que le da una *apariencia* de desapego y de extrañeza en un mundo que parece no ser el suyo.

El esquizofrénico recuerda a un viajero sin pasaporte, sin carnet de identidad, que desembarca en un país extranjero del que no conoce el idioma. Esto le hace a veces más interesante que el paranoico, desconfiado por naturaleza, y que no emprendería jamás un *viaje* similar.

El término esquizofrenia (del griego *skizein*: partir, y *phren*: el espíritu) fue introducido por E. Bleuler en 1911, fecha en la que Freud publicaba su *Presidente Schreber*. Esta palabra define una serie de delirios crónicos ordenados hasta entonces en la categoría de la *demencia precoz*. Este nombre estaba justificado a los ojos de los psiquiatras, dado que el esquizofrénico evolucionaba hacia un deterioro cuya apariencia era *demencial*, pero esta demencia no debe ser

71

EL PSICOANÁLISIS

confundida con la demencia en el sentido neurológico del término.

El término introducido por Bleuler ha sido durante mucho tiempo aceptado por los psiquiatras y los psicoanalistas porque define una separación, una disociación del psiquismo que sorprende de entrada al observador.

Freud no hizo ningún análisis extenso de un caso de esquizofrenia; también los psicoanalistas posteriores a él han tratado de comprender lo que constituye el fondo de esta psicosis y abordarla con el soporte de la teoría analítica. Muchos *pioneros* de esta tierra desconocida se han aventurado en las curas que los antipsiquiatras ingleses (R. Laing y D. Cooper) no han vacilado en llamar *viajes*.

El delirio: una tentativa de curación

Siguiendo los pasos de Freud, que trastornó completamente la perspectiva psiquiátrica al considerar el delirio no como un proceso *morboso* en sí mismo, sino más bien como una vuelta hacia el mundo exterior, una tentativa de reconciliarse con los otros, Winnicott ha insistido mucho sobre la oportunidad de una curación espontánea en el esquizofrénico, lo que él cree prácticamente imposible en los neuróticos.

En Gran Bretaña, en los años sesenta, R. Laing y D. Cooper crearon, siguiendo a Winnicott, un lugar de vida para los psicóticos. Esta iniciativa inauguró el movimiento antipsiquiátrico, cuyo fin u objetivo es devolverles la libertad a los locos que están internados en los asilos. No únicamente por preocupación humanitaria, sino sobre todo para acompañarles si ellos así lo desean en ese viaje interior que es la locura.

En Estados Unidos, Bruno Bettelheim había logrado mostrar que el deterioro de los niños psicóticos estaba sobre todo ligado a las condiciones de su hospitalización en los asilos, y que ciertos estereotipos propios del niño autista podían desaparecer si se dieran otras condiciones de acogida.

En Francia, educado en la teoría freudiana y lacaniana, así como por la práctica antipsiquiátrica de acompañamiento de psicóticos, M. Mannoni fundó la Escuela experimental de Bonneuil. El delirio es acogido allí como una producción original del niño que no puede decir las cosas de otra manera. Como en la cura analítica, la curación llega de repente y no se impone al niño como el deseo de normalización de un adulto incapaz de soportarle en su locura, lo que es, en general, el caso en los hospitales psiquiátricos clásicos.

Otras experiencias, tanto en Francia como en el resto del mundo, dan testimonio del interés por la esquizofrenia.

En Trieste, Italia, F. Basaglia se hizo el promotor de una reintegración de los locos al mundo del trabajo, al considerar que la locura era «un producto de la lucha de clases».

En Estados Unidos, Gregory Bateson se interesó por la comunicación dentro de las familias de los esquizofrénicos y desembocó en una constatación fundamental: el mensaje paradójico, o doble vínculo (*double bind*, en inglés), está en el centro del lenguaje de la familia del esquizofrénico y coloca al niño en una situación en la que le resulta imposible responder, salvo que dé una respuesta loca. En Palo Alto, California, se realizó un número incalculable de estudios en este sentido con el objetivo de evaluar las posibilidades terapéuticas en las familias de los esquizofrénicos.

El psicoanalista T. Szasz se

NEUROSIS, PSICOSIS Y PERVERSIONES

erigió como portavoz de una desalienación de la locura y de su liberación del poder médico que hace de ella una enfermedad mental. Sus aforismos siguen siendo célebres. Así, decía él, «si un hombre habla con Dios, decimos que reza. Pero si es Dios quien habla con un hombre, entonces decimos que éste es esquizofrénico».

La lista de quienes han tratado de desmedicalizar la esquizofrenia y de tratarla de otra manera que no fuera con la camisa de fuerza, la camisa química, los electrochoques o las operaciones neuroquirúrgicas es muy larga.

Las manifestaciones clínicas de la esquizofrenia sobrepasan de lejos el campo propio de la psiquiatría e interesan al arte, la política, la filosofía... El psicoanálisis ha abierto un campo de investigación que no está dispuesto a agotarse. «No hay que dar un paso atrás delante de la psicosis», decía Lacan, y es cierto que, aunque Freud no *curara* nunca a un psicótico, su trabajo sobre el caso Schreber y su interés por el delirio, entendido como una tentativa de curación, abrieron la vía a una investigación de la psicosis que no ha dejado de sorprendernos.

La melancolía

Al estudiar la melancolía, Freud se dio cuenta de la semejanza que existía entre este estado y el del duelo. En un texto célebre, *Duelo y Melancolía*, Freud compara y distingue los dos.

Lo que le resulta chocante en su aproximación entre duelo y melancolía es el cortejo de manifestaciones que dan la impresión de que el melancólico, como cualquiera que está en período de duelo, acaba de perder a un ser querido.

En efecto, es la profunda tristeza que demuestra lo que llama la atención al observador. El melancólico está triste, postrado, apático e insomne. Si a ello añadimos el rechazo a alimentarse y el estreñimiento, tenemos un cuadro clínico que puede hacer pensar en alguien que está de duelo o luto.

Solamente el melancólico se acusa a sí mismo de las peores fechorías, se humilla, se desprecia y llega incluso hasta el suicidio.

Freud hizo entonces la siguiente hipótesis: sí, el melancólico ha perdido un ser querido, que realmente no ha muerto, pero que ha sido *introyectado* en su yo.

La introyección

Este término, introducido por Ferenczi y descrito por Abraham, lo explica Freud como una identificación del sujeto con el objeto bajo un modo de incorporación oral.

Contrariamente al paranoico, que proyecta hacia al exterior, después de haber transformado en odio, su amor por el objeto que finalmente se convierte en su perseguidor, el melancólico introduce en sí mismo su objeto de amor. Freud piensa que lo que constituye la causa desencadenante de este estado debe ser una decepción, una humillación o un perjuicio infligido por el objeto, que a su vez introduce en la relación una «oposición importante entre el amor y el odio o refuerza una ambivalencia preexistente».

La introyección, que se desarrolla en un plano completamente inconsciente, vendría a paliar el riesgo de perder al otro al incorporarlo al interior de sí mismo. A partir de esto, el sujeto puede derramar su odio sobre el otro, estando además convencido de que es él mismo quien odia.

Así, y aunque el melancólico se desprecia, se humilla y se acusa de todos los males posibles, en el fondo no se trata de autoacusaciones. Estos *autorreproches* son en realidad reproches destinados al otro, pero como este otro está ahora en el propio sujeto, el melancólico descarga su odio contra sí mismo.

Un detalle clínico llama la atención de Freud: «La ausencia de vergüenza demuestra que las palabras despreciativas que los melancólicos pronuncian contra sí mismos son en el fondo pronunciadas dirigiéndose hacia el otro».

A partir de esta introyección del otro en sí mismo, todos los signos de la melancolía pueden explicarse: el sadismo del sujeto con respecto a sí mismo se destina de hecho al otro incorporado, y, según K. Abraham, como esta incorporación se hace bajo una forma caníbal, la anorexia del melancólico se explica, lo mismo que su estreñimiento. Ocupado por una *digestión* interna del otro, que ha comido de forma ávida, el sujeto ya no tiene hambre. Igualmente ocurre si está estreñido: el sujeto trata de hacer sufrir al otro todo el tiempo con este *metabolismo digestivo* inconsciente. Para Abraham, el «objeto sufre el metabolismo psicosexual del paciente».

Durante todo el período de la melancolía, el sujeto hace sufrir con todo su sadismo al objeto introducido en sí mismo. Ocupado permanentemente en destruir al otro, el sujeto no puede dormir y pierde una parte importante de su energía, lo que explicaría por qué aparece inhibido en el plano psicomotriz e incapaz de realizar el más mínimo esfuerzo.

«Yo te perdono del daño que te haya podido hacer»

Con la introyección, el yo del sujeto se divide en dos partes. Una de ellas se ensaña contra la otra. El sujeto está, según Freud, del lado de una instancia crítica, «el ideal del yo», que derrama entonces su sadismo sobre el yo que contiene el objeto introyectado y que puede llevar al sujeto al suicidio.

Hace veinte años, mientras hacía mis primeras prácticas de médico externo en un hospital psiquiátrico, tuve la ocasión de encontrarme con un paciente melancólico. Él estaba convencido de que iba a morir al día siguiente y con este ánimo escribía una carta de despedida a su mujer: «Mi querida M. Es mi último día. Yo te perdono el mal que yo haya podido hacerte...».

Este lapsus no pasó desapercibido a nuestro jefe de servicio, que inmediatamente nos lo advirtió. Esa misma tarde yo leía *Duelo y Melancolía*, de Freud, y estaba sorprendido por la fuerza del concepto de introyección y su capacidad de esclarecer el cuadro clínico de la melancolía.

El perverso y el analista

La dificultad del psicoanálisis con los perversos viene tanto de la particularidad de su demanda como de la resistencia de los propios analistas a acompañarles tan lejos como ellos les piden. Puede ser porque «la neurosis es una perversión negativa», como decía Freud, lo que da a la perversión esta capacidad de positivar crudamente lo que queda del dominio del fantasma en la neurosis. Si el inconsciente habla como un libro abierto en la psicosis, el hecho de que el psicótico no lo asuma deja aún al analista la posibilidad de realizar una tarea. Pero el perverso, el iniciado del placer, sostiene que él está preparado para rivalizar con el psicoanalista en lo referente al saber sobre el goce, lo que resulta absolutamente intolerable para este último. No se trata de que no pueda entender el discurso del perverso, pero tiende en cada momento, como dice F. Perrier, a encontrar «un lugar teorizable entre la moralización y la complicidad». Y en este nivel, la regla fundamental de decir todo aquello que pasa por la cabeza tiene el riesgo de ser inoperante, precisamente cuando el perverso la respeta. Es aquí donde pone al analista delante de un dilema: convertirse en cómplice o moralizar. Otra de las reglas técnicas del analista, la de la abstinencia, plantea de golpe un problema irresoluble, dado que ésta pone entre paréntesis el acto en favor de la palabra.

En fin, al haber fundamentado el desarrollo de la sexualidad infantil sobre bases genéticas, Freud puede dar la impresión de reencontrar lo que denuncia: «una concepción normativa de la sexualidad» (Laplanche y Pontalis). Puede que ésta sea otra de las razones que explique la trampa que el propio psicoanálisis tiende al psicoanalista mientras éste escucha al perverso.

Ahora bien, si el psicoanálisis tiene una deuda respecto a la histeria, sin la cual nunca hubiera podido existir, el descubrimiento por parte de Freud de la sexualidad infantil debe mucho a las perversiones, y puede que sea precisamente por esto por lo que los psicoanalistas tienden a aceptar los retos que les lanzan los perversos, evitando convertir en fetiches la teoría y la técnica analíticas.

Tratar de convertir en fetiches la teoría y la técnica psicoanalíticas es reconocerles una laguna, una falta que puede ser la fuente del deseo del analista mientras éste conduce la cura de un perverso. Precisamente, la aportación de Freud sobre el fetichismo nos enseña que aquello que niega el perverso, lo que desaprueba, hace que precisamente su ausencia pueda ser la causa del deseo. Para el perverso, es la presencia del fetiche lo que causa el deseo. A través del fetiche, él reniega de la ausencia del pene en la mujer mostrando así una concepción propia de la diferencia de sexos.

El encuentro psicoanalista-psicoanalizado

¿La clínica psicoanalítica se construye únicamente gracias a las neurosis, las psicosis y las perversiones?

¿Todo lo que aparece como un síntoma que interroga al analista hay que remitirlo en alguna de estas tres estructuras, o hay que considerar como entidades aparte lo que se presenta bajo la forma de diferentes toxicomanías, estados depresivos o las llamadas enfermedades psicosomáticas?

¿No corremos el riesgo de evitar el reencuentro con lo que hace que estos campos sean específicos si únicamente los referimos a estas tres grandes categorías de neurosis, psicosis y perversiones? O bien, a la inversa, ¿no corremos el riesgo de

EL PSICOANÁLISIS

fijar lo que puede que no sea más que un síntoma lábil al cual el campo sociocultural da ya una importancia exagerada?

Es probablemente el momento de recordar que un encuentro con el psicoanálisis es, en primer lugar, el encuentro de un sujeto con el psicoanalista, y no, en principio, ya con el psicoanalista de una neurosis, de una psicosis o de una perversión. El encuentro con el psicoanalista es una escucha de la singularidad de una demanda, incluso si los invariantes estructurales son necesarios para el analista como referencias teóricas que puedan ayudarle a conducir una cura. El encuentro con el analista no es la ocasión para que éste verifique la autenticidad de la teoría de Freud, de Lacan, de Klein o de Winnicott. Conviene, en fin, recordar que «si no hay más que resistencias por parte del analista», como decía Lacan, estas resistencias se nutrirán antes que nada del maná teórico que nos dejaron nuestros maestros; no tanto porque ellos mismos hayan querido hacer de su teoría un maná celeste, sino porque sus alumnos tienen necesidad de amparo frente a la duda.

V

LA TRANSMISIÓN DEL PSICOANÁLISIS POR LA INSTITUCIÓN

La IPA

La relación de los analistas con los conceptos, con los significantes del maestro, será uno de los principales obstáculos para la transmisión del psicoanálisis por parte de la institución.

Creada en 1910, en el Congreso de Nuremberg, la IPA (Asociación Psicoanalítica Internacional) fue fundada gracias a una proposición conjunta de Freud y Ferenczi para una mejor difusión internacional del psicoanálisis, una mejor formación de los jóvenes analistas y una mejor transmisión de la teoría freudiana.

Enseguida, sin embargo, esta institución apareció ante los ojos de algunos analistas que se habían reagrupado alrededor de Freud en Viena como un peligro para el propio psicoanálisis.

Hasta entonces, y desde 1902, la transmisión del psicoanálisis se hacía en una especie de laboratorio humano en torno a Freud. Con él, los analistas discutían no solamente de sus pacientes, sino también de sus propias neurosis. En 1906, estas reuniones se hicieron más regulares. Cada miércoles, los analistas se reunían en casa de Freud a las ocho y media de la tarde para escuchar, y posteriormente discutir, sobre una exposición realizada por alguno de ellos.

Hoy por hoy, podríamos decir que hacían una especie de control colectivo, una supervisión de unos sobre otros, todo ello bajo la dirección de Freud. Y, como era habitual en esa época, algunos de estos analistas, quienes tenían a su cargo diferentes pacientes, no habían pasado por un análisis personal, por lo que este último se realizaba a la vez que el de sus propios pacientes [21].

Todos, médicos, escritores, filósofos o educadores, buscaban un maestro, y Freud, por su parte, buscaba alumnos. Algunos, como A. Adler o W. Stekel, hicieron un análisis con el propio Freud.

Esta mezcla original, de una riqueza inaudita, debía enfrentarse, sin embargo, al deseo de Freud de sacar al psicoanálisis de su gueto vienés, a la vez que lograr el reconocimiento de la psiquiatría oficial. Suiza, con Bleuler y Jung, era para Freud la Tierra Prometida, pero para sus primeros alumnos, una rival insoportable. Jung se había perfilado ya como el delfín que sucedería a Freud. Una vez que la IPA se había puesto en marcha y que en 1910 Jung fuera nombrado presidente, estalló el conflicto con los vieneses.

Pero el problema no era sólo una sombría disputa sobre una cuestión de prioridad. La propia estructura de la asociación aparecía ante los vieneses como impropia para la transmisión del psicoanálisis. Y esto se traslucía claramente en la proposición de Ferenczi para la creación de una asociación internacional, cuyo texto se leyó en el Congreso de Nuremberg en 1910. Su lectura suscitó tal violencia que la discusión sobre la proposición fue suspendida hasta el día siguiente.

La estructura de la IPA

La preocupación de Freud y de Ferenczi era fundar una asocia-

---

[21] La supervisión o control es un método de transmisión del saber hacer del psicoanalista, por el que un profesional somete el relato de sus encuentros con su paciente al parecer de otro psicoanalista, que le ayuda a reflexionar en aquellos puntos que quedaban oscuros para el primero. (N. del A.)

ción *respetable* que pudiera dar al psicoanálisis el reconocimiento por parte del mundo científico y médico. Ferenczi llegó a decir que para «tratar la resistencia médica» con respecto al psicoanálisis, hacía falta constituir una «Internacional».

Ahora bien, Freud le reconocía a esta resistencia un importante valor, como principal indicador posible de lo reprimido. ¿Cómo tratar la resistencia médica por parte de una organización de psicoanalistas sin que esta organización se viera en la obligación de sacrificar las causas o razones que precisamente provocaban la represión y las resistencias? ¿Y cuáles eran esas causas sino aquellas sobre las que se fundamentaba el psicoanálisis, es decir, las causas sexuales que determinaban la represión?

La necesidad de esta organización para dar al psicoanálisis una *honorabilidad*, un derecho de ciudadanía, provocaba un riesgo evidente: la propia estructura de esta organización iba a reprimir la zanja subversiva del descubrimiento freudiano, la sexualidad como fundamento del psiquismo.

Lo extraordinario fue que Ferenczi ni siquiera se escondió. Propuso el modelo familiar para este tipo de organización, dándole a Freud el lugar del padre ideal. Se estableció la censura sobre las publicaciones y una dirección central tomó el control y el poder sobre el conjunto del movimiento.

Las *tesis centrales* se vieron favorecidas frente al *liberalismo doctrinal*, y se pidió a los analistas que se echaran a un lado ante las exigencias de la causa analítica y que aceptaran recibir *la verdad a la cara* y, por tanto, que limitaran su narcisismo.

Las dos masas organizadas: la Iglesia y el Ejército

Cuando, diez años más tarde, Freud analizó la estructura de las dos masas organizadas que son la Iglesia y el Ejército, nos choca tener que admitir, como señala Lacan, que Freud hizo esta descripción como si hubiera tenido delante de sus ojos la propia estructura de la IPA.

La uniformidad entre sí de los individuos —la diferencia de sexos no juega ya ningún rol— se explica por la identificación de los miembros de estas masas entre sí en su propio yo y por la constitución de un ideal del yo común, que está representado por el líder, el maestro. Freud explicó la psicología de las masas y los excesos de su comportamiento precisamente a través de este mecanismo. Pero, a la hora de analizar la propia estructura de la IPA, nos encontramos con muchas características comunes con las instituciones de la Iglesia y el Ejército.

La reproducción de los analistas

Así, aunque Freud escribió que «no hay lugar para la mujer como objeto sexual» ni en la Iglesia ni en el Ejército, nos encontramos con la obligación de señalar que la reproducción de los analistas en el seno de las sociedades analíticas se realiza como si hiciera falta excluir el encuentro previo con el otro sexo. Como si la reproducción se hiciese por partenogénesis o escisión, por un especie de reduplicación de sí mismo donde «el único se pluraliza». El maestro realiza así un tipo de reproducción de la que el padre es incapaz: hacer un niño, un alumno, solo, sin la ayuda de una mujer.

En su preocupación por transmitir su teoría a sus alumnos, Freud se encontró dividido entre dos posibles vías. Aquella de una transmisión asegurada por parte de la institución analítica que coloca al alumno delante de una única alternativa: someterse a la teoría de Freud o rechazarla (fue

LA TRANSMISIÓN DEL PSICOANÁLISIS

lo que ocurrió posteriormente con Jung y con Adler, por ejemplo), o aquella transmisión en la que el analista puede, gracias a su análisis, reinventar y reproducir progresivamente la teoría analítica.

Esta última vía de transmisión supone que el analista puede equivocarse. Ahora bien, y aunque el propio Freud estuvo preparado para aceptarlo momentáneamente como fue con el caso de Rank, la institución no podía llegar a tolerar este riesgo.

La historia del movimiento analítico nos muestra que la intolerancia de la institución en relación a todo lo que no era conforme a sus normas terminó por secar la productividad de los analistas.

Atenta a transmitir una teoría freudiana de la que Freud fuera el padre, reprimiendo y rechazando el terreno en el que el propio Freud pudo elaborar su teoría, es decir, la transferencia, la institución analítica terminó por crear un mito: Freud fue el único que pudo autoanalizarse. De golpe, Fliess desapareció por la puerta de atrás, como si nunca hubiera sido el padre de Freud en el análisis. Antes que admitir el papel jugado por Fliess, así como la utilización por parte de Freud de sus ideas, O. Mannoni nos dice que la IPA transmite la idea de un Freud autoengendrado que sería de alguna forma su propio padre y, por tanto, los analistas serían sus criaturas.

Este mito hace del analista la criatura imaginativa de su propio analista, y de este último una reproducción del padre ideal: Freud. En su crítica de la inflación imaginativa de la institución y del modo de reproducción de los analistas, Lacan muestra cómo la teoría analítica había acabado por convertirse en una emanación de la propia estructura de la institución. Y más particularmente en la teoría del fin del análisis.

El fin del análisis es un momento bisagra para la formación y la *reproducción* de los analistas. Hoy por hoy esta cuestión sigue siendo primordial para aquellos que quieren comprender la transmisión del análisis y la formación de los analistas, dado que implica comprender cómo se termina la transferencia.

Si para los pacientes que se van curados de sus síntomas la cuestión parece fácil, ¿cómo comprender el motor que empuja a un paciente a querer convertirse en psicoanalista? ¿En qué se convierte su transferencia con el analista? ¿Qué diferencia hay entre el análisis terapéutico y el análisis didáctico que forma y enseña a los futuros analistas?

La respuesta de la teoría analítica a estas cuestiones esenciales era decepcionante. Peor incluso, las reglas del análisis didáctico eran, en este punto, ritualizadas, convertidas en síntomas de un malestar, precisamente lo que era necesario disipar.

La teoría del fin del análisis en la IPA: la identificación con el analista

En este mundo ideal y uniforme en el que se convirtió la institución psicoanalítica, la teoría del fin del análisis terminó por tomar el color de los muros: el analista candidato ponía fin a su análisis cuando había conseguido identificarse con su propio analista. Dicho de otra manera, y si retomamos alguna de las definiciones freudianas del superyó como es la identificación lograda, el aspirante no se convierte definitivamente en analista hasta que toma en cuenta y acepta las exigencias de su propio analista, que no son más que una emanación del ideal institucional. Esta teoría del fin del análisis tiene sus raíces en la transposición de la resolución del complejo de Edipo sobre la cuestión de la resolución de la transferencia. Dicho de otra manera, para salir de su ambivalencia respecto al padre y, en definitiva, cesar de criticarle, el niño se identifica con él. Una lograda identificación con el padre constituye el superyó y atestigua en adelante una sumisión sin fallos a la autoridad.

Concebida bajo el mismo ángulo, la resolución de la transferencia, a través de la cual el paciente da fe de que su análisis ha terminado, de que no desea más a su analista o de que ya no está *atado* a él, debería hacerse del mismo modo, es decir, con la identificación con el analista.

Ahora bien, podemos constatar que en su texto sobre el fin del análisis, Freud trata de responder a los reproches que le hace Ferenczi por no haber analizado su transferencia negativa. En *Yo he triunfado allí donde el paranoico ha fracasado*, he tratado de demostar cómo Freud trató de salir bien parado de las críticas reenviando a Ferenczi a su ambivalencia cara a su padre, lavándose así las manos de la dirección que tomó el análisis de Ferenczi: si el análisis de Ferenczi ha fracasado, Freud no. Es Ferenczi quien no ha querido someterse al sustituto paterno que era Freud en la transferencia, y ha sido esto lo que le ha hecho fallar en su identificación.

Esta herencia forzada que nos dejó Freud fue tomada tal cual por la IPA. No es cuestión de poner en evidencia o de implicar a Freud en cualquiera que sea la razón o el motivo del fracaso del fin del análisis de Ferenczi. Es por esto por lo que la IPA promueve la identificación con el analista como la teoría del fin del análisis. Con lo que no hace realmente más que reproducir un mito: el del padre ideal. Freud, incapaz de equivocarse. Como Fliess, Ferenczi fue acusado de paranoico y, por tanto, descalificado.

La crítica por parte de Lacan de la inflación imaginaria en el psicoanálisis

Este desarrollo nos muestra bastante bien la articulación de las posturas teóricas e institucionales de la IPA. Cuando Lacan comenzó a llevar a cabo su famoso retorno a Freud, su vuelta a los textos freudianos que habían sido vaciados de sentido por la IPA no podía hacer otra cosa que molestar.

Al criticar la teoría del fin del análisis promovida por la IPA, Lacan no conocía aún el impacto que iba a tener para él, en su concepción sobre la formación de los analistas, su propia experiencia sobre el fin del análisis. De forma inmediata, él obtuvo una enseñanza de la teoría de Freud sobre el fin del análisis, sin olvidar a Ferenczi y aquello que hizo de síntoma entre ambos. Más tarde, Lacan llegó incluso a rechazar el concepto de contratransferencia, por el cual al analista le corresponde siempre la mejor parte, ya que coloca la responsabilidad de

LA TRANSMISIÓN DEL PSICOANÁLISIS

cualquier fracaso en la cuenta de la transferencia del paciente.

Lacan sustituirá el concepto de contratransferencia, que hace del analista una estatua neutra que no reacciona más que ante la transferencia del paciente por el concepto de deseo del analista.

Mostrando que el yo no era esta instancia de maestría, que su propia esencia era imaginaria, Lacan trastocaba los cimientos de la teoría del fin del análisis promovida por la IPA. La identificación con el yo fuerte del analista se convertía en un señuelo, una ilusión, incluso en *falso yo* que el analista candidato podía fabricarse para darse la apariencia necesaria para pasar el cedazo del examen. Él podía *hacer parecer* que había resuelto todos sus conflictos, dándose un aura adulta, tomando el *aire* de su analista e identificándose con él. Como veremos más adelante, la crítica de Lacan sobre la teoría del fin del análisis no podía más que poner en peligro los propios fundamentos de la institución.

Su crítica de la inflación de la teoría analítica por lo imaginario le llevará también a volver a poner en entredicho el lugar del yo en la práctica promovida por el psicoanálisis americano. La *ego-psicología*, o psicología del yo, terminaba por hacer del yo un monstruo adaptativo, y de la cura, que debe apoyarse sobre la parte sana del yo, un útil de readaptación. El análisis se había convertido en una teoría de la adaptación.

Apoyándose en la práctica de la cura, sobre la *cura por la palabra*, como lo llamó por primera vez Anna O., Lacan iba a dar toda su importancia a los símbolos y a introducir la distinción entre el yo y el sujeto.

VI

LOS APORTES TEÓRICOS DE JACQUES LACAN

La teoría del sujeto

Lacan va a llevar lo más lejos posible esta constatación propia de la clínica psicoanalítica que Freud enunciaba así: «El yo no es el maestro en su morada».

Fuertemente olvidado, incluso por los propios psicoanalistas, este enunciado resultó ser particularmente escandaloso. Fue tan subversivo que, para reprimirlo, se formó en Estados Unidos toda una corriente neofreudiana que daba al yo un lugar preponderante. En la teoría, éste debía desembocar en el concepto de *yo autónomo*, por lo que el riesgo era el de reconciliarse implícitamente con la tradición psicologizante prefreudiana. En la práctica, el psicoanálisis se empezó a parecer cada vez más a una terapia ortopédica y adaptativa a las normas de la ideología del entorno ambiental. Así, *el virus de la peste*, que Freud pensaba introducir en Estados Unidos en 1909, fue fagocitado: fue el psicoanálisis a la americana quien se encargó de hacerlo.

Hemos visto que esta operación de reducción de la teoría y de la práctica analítica no estaba desunida de la propia estructura de las sociedades analíticas reconocidas para transmitirla.

Muchos analistas americanos se dieron cuenta de esta tan neta articulación entre la propia estructura de las sociedades analíticas y la progresiva disminución de lo importante y más diferenciador del descubrimiento freudiano. Siguiendo el ejemplo de Thomas Szasz, la ruptura con la institución analítica se hacía necesaria para el analista que aún quería pensar de otra forma en las aportaciones realizadas por Freud.

Pero fue sobre todo en Francia, con Lacan y su teoría, donde la vuelta a Freud, la recuperación de Freud, se radicalizó. Hasta tal punto que la incompatibilidad entre Lacan y la IPA fue total.

Con su crítica de la teoría del *yo autónomo* y de la identificación con el analista como resultado natural de la cura, Lacan abrió una brecha insoportable en el seno de la institución analítica. Esta brecha encontró su desenlace teórico en la teoría del sujeto del inconsciente.

Hay una contradicción aparente al hablar de un sujeto del inconsciente. Esta contradicción radica en el origen filosófico del concepto de sujeto. La filosofía habla más bien de un sujeto de la consciencia, consciencia ésta que es el lugar mismo del pensamiento y de la reflexión. ¿Cómo concebir entonces un sujeto del inconsciente?

Hablando claramente, esto es inconcebible para el pensamiento consciente, que es su propio centro para sí mismo. Incluso en la cura analítica, el paciente y, a menudo a pesar suyo, el analista se encuentran presos en la necesidad de este inconcebible. Las resistencias se ponen manos a la obra para reprimir y olvidar el sujeto del inconsciente, para reprimir y olvidar que el sujeto está dividido. Los movimientos de apertura del inconsciente son raros. Son aquellos que permiten a los protagonistas de la curación experimentar esta división del sujeto y tenerla en cuenta. No es fácil aceptar que el sujeto que habla no es el sujeto del enunciado de la frase gramatical; que el sujeto que enuncia, que habla, puede estar en total contradicción con aquello que está enunciando, diciendo. Si esto es flagrante con el lapsus, lo es menos en el sueño, que mantiene habitualmente su extraño aspecto y que parece haber sido impuesto al sujeto desde el exterior. Esto lo es incluso menos en el síntoma, que, en tanto que no ha sido descifrado en el análisis, permanece enigmático y extraño al sujeto que se resiste a reconocerse en él.

La asociación libre, regla fundamental del desarrollo de la curación, permite una aproximación más frecuente a los pensamientos inconscientes, y el analizado puede entonces tomar conciencia de la realidad del sujeto del inconsciente que habla en él, y de la división que le habita. Esta ruptura del yo, esta división del sujeto permitirá a Lacan decir, contrariamente a la filosofía clásica: «Yo pienso donde no estoy; yo estoy donde yo no pienso».

Para comprender mejor esta fórmula que consagra la división del sujeto, hay que retomar otra idea de Lacan: «Ser no es otra cosa que olvidar». El olvido, la represión, son necesarios para ser, si no uno puede morir. El psicótico nos muestra una caricatura de ello, él, que es incapaz de olvidar, de reprimir, de simbolizar.

El lugar del olvido es el lugar del Otro, del inconsciente. Pero en ese lugar que piensa, el sujeto clásico no está. «Yo pienso donde yo no estoy». El lugar del sujeto de la consciencia no es el lugar del pensamiento inconsciente, el pensamiento más activo y el más determinante del comportamiento humano. «Yo estoy donde yo no pienso».

El lugar del ser no es, por tanto, el lugar del pensamiento, del pensamiento inconsciente. Eso es lo escandaloso, y lo que vuelve a dar a la formulación de Freud todo su valor: «El yo no es el maestro en su morada».

Lacan tenía la costumbre de decir que «el yo no es siempre más que la mitad del sujeto». Pero antes de llegar a la teoría del sujeto dividido bajo el efecto del lenguaje, Lacan comenzó su enseñanza por la puesta en evidencia de la dimensión imaginaria del yo. Mostrando que el yo era, en primera instancia, un lugar de desconocimiento del hecho de su dimensión imaginaria, él eliminaba la derivación americana de la teoría freudiana y sus consecuencias sobre una práctica de la cura donde lo imaginario lo invadía todo.

Lo imaginario

Gracias a la fase, al estadio del espejo, Lacan dio al yo su función imaginaria y planteó las premisas de lo que distinguirá al yo instancia imaginaria (*moi*), del sujeto, del yo (*je*) instancia simbólica.

Observado por el psicólogo Henri Wallon, entre los seis y los dieciocho meses, edad que corresponde al destete y a su declinar, este estadio constituye el momento en que el niño va a reconocer su imagen en el espejo.

Con este reconocimiento, el niño no tiene ninguna idea, ninguna representación de lo que puede ser su cuerpo, al que, debido al hecho de la inmadurez neurológica de su sistema nervioso, percibe como un cuerpo dividido en trozos, sin unidad propia.

La única unidad que se presenta en esa época al niño se encuentra en la imagen del otro que se ocupa de él, y sobre todo en la imagen de la madre.

Cuando el niño ve por primera vez su propia imagen en el espejo, no la reconoce ni como una imagen ni, desde luego, como una imagen suya. La aparición

APORTES TEÓRICOS DE JACQUES LACAN

de la imagen en el espejo se confunde para el niño con la presencia real de un otro extraño.

Esta primera fase del estadio del espejo pone de manifiesto esta confusión que existe al principio entre el yo y el otro y entre el yo y la imagen. Y esta captación del niño por la imagen del otro, por *la imagen de la forma humana*, determina su comportamiento en presencia de su semejante. El niño que ve caerse a otro niño llora como si el mismo se hubiera caído. El niño que pega a otro dice que le han pegado a él.

La segunda fase del estadio del espejo lleva al niño a distinguir, por primera vez, la imagen del otro de la realidad del otro. Al tratar de agarrar su imagen en el espejo, buscándola detrás del espejo cuando ya no la ve más, el niño descubre que la imagen no es real.

En la última etapa del estadio del espejo, el niño reconoce en la imagen que ve en el espejo su propia imagen. Para ello, la presencia y la mirada del Otro, la madre, le son necesarios. El movimiento de la mirada de su madre, que puede alternativamente desplazarse del niño a su imagen en el espejo, le da la convicción de que el reflejo de su cuerpo en el espejo es su propia imagen; teniendo en cuenta además que él puede también percibir la imagen de su madre, que lleva o que está a su lado, lo que a la vez le permite confirmar la distinción antes percibida entre el otro real que es la madre y su imagen en el espejo.

El niño registra una serie de distinciones que le permiten, por tanto, separar:

— la realidad del semejante de la imagen del semejante;
— la realidad del cuerpo de la imagen de su cuerpo;
— su cuerpo del de su madre.

Pero, al mismo tiempo, viendo en el espejo la totalidad unificada de su imagen y para prevenirse en alguna medida contra la angustia del cuerpo dividido en trozos, el niño anticipa, por así decirlo, su madurez, identificándose con su imagen, movimiento que se ve acompañado de un gran júbilo.

Esta primordial identificación es, por tanto, estructurante para la identidad del sujeto en un momento en el que el *esquema corporal* no está aún constituido. (El esquema corporal es una noción más bien neurológica que permite al niño, a partir de una edad dada, tener una percepción del conjunto de su cuerpo y de su espacio, y que, por tanto, no se ha adquirido aún en el momento del estadio del espejo. De aquí viene la sensación de cuerpo troceado que tiene el niño delante del espejo.)

Esta anticipación estructurante del cuerpo del niño por su identificación con su imagen en el espejo llevará consigo, sin embargo, una alienación del sujeto en lo imaginario.

La unidad del cuerpo se da así en el niño como exterior a él mismo y, por las leyes de la óptica, como simétricamente inversa. Estas dos características (la externalidad y la simetría invertida) nos permiten comprender cómo el yo puede ser un lugar de desconocimiento antes que ser el lugar de conocimiento querido en el neofreudismo americano.

La importancia del estadio del espejo es capital. Podemos comprender muchos de los comportamientos humanos en nosotros mismos y refiriéndolos a él. La captación amorosa y la agresividad se aclaran por la relación entre el sujeto y su imagen, tal y como ella nos es dada en ese momento de identificación privilegiado. La rivalidad, los celos, la sugestión mimética y la simpatía se esclarecen por el transitivismo del primer tiempo.

EL PSICOANÁLISIS

El fenómeno del doble, desarrollado por una cierta literatura, toma su origen en el estadio del espejo. Igual que ese otro fenómeno del psicoanálisis denomina *la inquietante extrañeza*. La clínica psicoanalítica se enriqueció de los enunciados del estadio del espejo que aclara igualmente el narcisismo y las psicosis, donde encontramos en los pacientes lo que Lacan llama *la regresión tópica al estadio del espejo*.

Los mecanismos de proyección puestos en evidencia por Freud en la fobia y la paranoia, y desarrollados seguidamente por Mélanie Klein, se enriquecen también de esta aportación lacaniana fundamental.

El transitivismo se encuentra mezclado en la clínica de la paranoia y del delirio de celos.

Lacan incluyó enseguida el espejo en los esquemas del ramillete invertido y en el desarrollo teórico que de él concluyó. La función del yo será mejor afinada. Lacan distinguirá el yo ideal, instancia imaginaria, del ideal del yo, instancia simbólica.

Fuente de toda identificación posterior, los efectos del estadio del espejo se vuelven a encontrar en el desarrollo de la cura y en su fin. Lo imaginario así despejado por Lacan se distinguirá de lo real gracias a la intervención del orden simbólico.

Lo simbólico

Si el estadio del espejo permitió al niño comenzar a distinguir la imagen de la realidad, a distinguir la imagen del cuerpo de la madre y la realidad del cuerpo de la madre, a distinguir su cuerpo de la imagen de su cuerpo, a distinguirse también de su madre y a tomar consciencia de una primera cota de identidad, el acceso al mundo del lenguaje, a lo simbólico, va a permitirle reafirmar esta identidad.

Nombrando una experiencia, dándole un sustituto, el futuro sujeto toma distancia en relación a la experiencia misma. Pero, al mismo tiempo, el futuro sujeto se distingue del sustituto que ha dado a la cosa, del significante que ha permitido esta operación de sustitución.

Gracias al mundo del lenguaje, el sujeto se establece no siendo ni la cosa ni el nombre que le ha dado a la cosa.

Podemos señalar, con Freud y Lacan, que este tiempo originario constituye lo que Freud llama la represión originaria.

Para comprender mejor esta represión originaria, que es constitutiva del inconsciente gracias al mundo del lenguaje y a los símbolos, vamos a retomar el ejemplo que da Freud sobre el juego de un niño que él observó, juego muy conocido por los psicoanalistas bajo el nombre del juego de Fort-Da, o juego de la bobiba o carrete.

Después de haber pasado varias semanas bajo el mismo techo que el niño y sus padres, Freud observó que el niño, de un año y medio de edad, jugaba a un juego enigmático. El niño se entretenía con una bobina o carrete atado a un cordel. Él hacía desaparecer la bobina pronunciando «O». Posteriormente hacía reaparecer la bobina y decía jubilosamente «A».

La «O» en alemán quería decir *Fort*, es decir, fuera, ido, y la «A» significaba *Da*, es decir, ahí está.

Así, el niño jugaba a hacer desaparecer y aparecer la bobina distinguiendo los dos tiempos del juego con un *Fort* y con un *Da*.

APORTES TEÓRICOS DE JACQUES LACAN

Freud comprendió enseguida que el niño ponía así en escena la salida de su madre y su reaparición, y esta puesta en escena sólo era posible gracias a la llegada del niño al lenguaje. «El juego», escribió Freud, «estaba en relación con los importantes resultados de orden cultural obtenidos por el niño, con la renuncia pulsional que él había consumado (renuncia a la satisfacción de la pulsión) para permitir la marcha de la madre sin manifestar su oposición».

Gracias a la oposición entre los dos fenómenos Fort-Da y la repetición, el niño destruye de alguna manera al objeto, la madre, haciéndola reaparecer y desaparecer a su antojo a través de un sustituto, la bobina, anticipando así y dominando la ausencia y la presencia reales de la madre.

Esta secuencia ausencia-presencia de la madre, dominada por el niño gracias al binomio Fort-Da, no existe sin recordar las primeras ausencias de la madre cuando el niño no tenía más que unos pocos días de vida. Incluso en esta época, cuando aún no es posible ningún simbolismo, la secuencia ausencia-presencia debía marcar al niño. Pero esta marca no tomará su significado más que con la entrada en acción del mundo del lenguaje.

Gracias al Fort-Da, el futuro sujeto renuncia al objeto reemplazándolo por significantes.

La secuencia ausencia-presencia de la madre

¿Qué significa para el niño la ausencia de la madre? Que existe otro lugar en el que se encuentra la madre cuando ella no está con él. Su ausencia le indica que ella anhela, desea, en otra parte, y esa otra parte introduce, en un momento dado, la presencia del padre.

Con el juego de la bobina, con el Fort-Da, el niño puede ahora dominar la situación en la que él se encuentra de no ser ya el único objeto de deseo de la madre, es decir, el objeto que colma la falta del Otro, es decir, el falo.

El falo es lo que representa el deseo de la madre, y el niño se identifica con él, haciendo así del Otro original, la madre, un Otro pleno, no faltándole de nada.

Esta relación de fusión con la madre, relación de indistinción, indiferencia, se ve favorecida por el carácter inmediato de la relación de la madre y el niño, relación primera de alimentación, de cuidado y de satisfacción de las necesidades.

Pero como ya hemos visto, desde las primeras ausencias de la madre, se inscribe en el niño la señal de otra parte en la que no se reparará como tal hasta la introducción de lo que Lacan llama la *metáfora paterna*.

El tiempo del Fort-Da prepara en cierta medida la llegada de la metáfora paterna.

Dicho de otra manera, gracias a la bobina que representa a la madre y gracias al Fort-Da que redobla esta representación, el niño se sustrae a la experiencia vivida pasivamente convirtiéndose en el maestro, el sujeto, gracias a su acceso al mundo del lenguaje. Siempre que este acceso le sea autorizado por el padre y la madre.

La madre, reconociéndole al padre del niño el lugar donde ella encuentra el objeto de su deseo, el falo, introduce, en primer lugar, al padre como un nombre, es decir, como el nombre por el cual ella ha aceptado renunciar al deseo de su propio padre, como el nombre que ella dirá en lo sucesivo a cambio de aquel con el que ella se refería a su padre. Este intercambio no es puramente formal, refleja en la madre el reconocimiento de una falta que ella aspira a rellenar con el falo que encontrará de

91

ahora en adelante en el padre de su hijo. En cuanto al padre, el nombre que lleva y que él ofrece a la madre de su hijo, debe ser el garante; asumiendo, por un lado, que no es más que el portador, es decir, aquel que va a permitir su transmisión de una generación a otra, y, por otro lado, ofreciéndoselo a la madre del niño, él le da testimonio a ella de que precisamente ella lleva consigo la causa de su deseo.

La metáfora

La ausencia de la madre significa, por tanto, para el niño su presencia en otra parte, cerca del padre, y el Fort-Da da fe del primer reconocimiento por parte del niño de esta otra parte.

Si Lacan habla de esta metáfora paterna es porque la operación por la cual el niño renuncia al deseo de la madre y lo reprime es una sustitución de un significante por otro significante como en la figura lingüística que es la metáfora.

En la metáfora donde los agentes de policía encargados de hacer respetar el orden son calificados de *grises* (de este color era en los años setenta y los primeros ochenta su uniforme)», el significante gris sustituye al significante policía nacional. Este último pasa, por tanto, al rango de significado y desaparece de la frase, en la que ya no vuelve a ser enunciado.

Pero si el significante policía nacional desaparece de la frase, si pasa bajo la barra que separa el significante del significado, si no vuelve a ser enunciado, esto no quiere decir que el policía nacional sea realmente un gris.

Hay, por tanto, en la matáfora un doble movimiento:

— de atribución: un juicio atribuye a los agentes de policía, de los que afirma por el propio hecho de su existencia, la calificación de grises;

— de negación, por la cual se niega que un policía nacional pueda ser pura y simplemente gris.

La metáfora paterna

En la metáfora paterna, el significante que viene a sustituir el significante primero que representa el deseo de la madre, es el significante del nombre del padre. Lacan definió la metáfora paterna como «la metáfora que sustituye el nombre del padre en el lugar primeramente simbolizado por la ausencia de la madre». Si la ausencia de madre significa para el niño que ella desea, anhela en otra parte, el falo será el significante, el significante de este deseo.

En la metáfora paterna, el nombre del padre viene, por tanto, a sustituir al falo que ahora es reprimido. Con el significante del nombre del padre, el niño renuncia al deseo de la madre reprimiendo el significante, el falo. Pero el nombre del padre es también una barrera contra el deseo de la madre para con el niño, dado que con su presencia en el discurso de la madre, él da fe de que ella renuncia al niño como sustituto imaginario de un falo que ella no tiene y que desea, ya no en su propio padre como cuando era una niña, sino en el hombre al que ama, el padre de su hijo.

Igualmente, su acogida del significante del nombre del padre da fe de que ella ha reconocido en el hombre que ella ama, el padre de su hijo, aquel que ha sabido ser algo más que un simple patronímico, es decir, aquel que ha cesado de vivir únicamente en tanto que hijo de su padre y que es, por así decirlo, digno de ser padre.

Para ser digno de ser padre, el padre del niño debe «dar prueba de sus aptitudes», como dice Lacan; debe demostrar que no se sitúa con respecto a su hijo como un rival fálico en lo rela-

APORTES TEÓRICOS DE JACQUES LACAN

tivo a su madre. Lo que quiere decir que el padre del niño no es el falo que le falta a la madre. El padre del niño se sitúa como aquel que tiene el falo. Todo esto da fe de que el niño que le ha hecho a su mujer no está dedicado a su propia madre, y que en su mujer el padre no encuentra ya exclusivamente a su madre.

En otras palabras, esta combinación de apariencia tan complicada responde a la forma en la que cada uno de los padres (padre y madre) ha conseguido salir del conflicto edípico, al cual tuvieron que enfrentarse cuando eran niños.

$, S1, S2 y a

El conflicto edípico, al que el niño se ve necesariamente sometido, depende también, por tanto, de la manera en que cada uno de sus progenitores haya podido negociar por su cuenta la propia resolución de su conflicto.

La metáfora paterna, que permite al niño reprimir el deseo de la madre sustituyéndolo por un significante, el del nombre del padre, depende, por tanto, de las condiciones en las cuales esta metáfora paternal haya podido operar en sus padres.

Dicho de otra manera, la inscripción de los padres en el mundo del lenguaje por esta doble operación de represión y de la metáfora paterna, que les ha permitido reprimir sus propios deseos incestuosos, va a determinar la inscripción, la entrada de su hijo en este mismo mundo del lenguaje.

La experiencia del Fort-Da, prototipo de la represión originaria que constituye el inconsciente, nos muestra de hecho un proceso metafórico por el cual el niño renuncia a ser solamente el objeto de deseo de la madre, para constituirse como un sujeto que desea por sí mismo objetos sustitutivos.

La bobina aparece así como el primer objeto sustitutivo gracias al cual el niño reemplaza a su madre, y los significantes Fort-Da aparecen como los primeros significantes que representan este primer objeto sustituto; pueden ser considerados como los significantes elementales del inconsciente.

Estos significantes elementales van a constituir lo que Freud llama *un grupo psíquico aparte* y provocar la división del sujeto que Lacan escribe $: «Así se marca la primera escisión que hace que el sujeto como tal se distinga del signo por referencia al cual, en primer lugar, ha podido constituirse como sujeto».

Gracias a estos dos primeros significantes, que Lacan define con los números uno y dos, S1 y S2, el significante del padre (S2) que sustituye al significante fálico (S1) y que lo reprime gracias a la operación de la metáfora paterna, el sujeto surge, siendo su división ($) el precio a pagar por su aparición como sujeto. En el mismo momento en que el niño renuncia al deseo de la madre que él reprime, el sujeto dirige su deseo hacia objetos nuevos que sustituyen al objeto primordial, definitivamente perdido. En el juego del Fort-Da, la bobina representa menos a la madre considerada como tal que como objeto parcial que se separa entre ella y el niño; objeto parcial al que el sujeto se va a identificar y más tarde reprimirá, objeto al que Lacan dará el nombre de objeto (a). (Léase *objeto a minúscula*.)

El objeto parcial, término elaborado por Mélanie Klein como habíamos visto anteriormente, define en la relación entre la madre y el niño una parte que se desprende de las zonas erógenas: el seno, el bolo fecal, el falo, pero también la orina, la mirada, la voz.

La unión particular del sujeto con este objeto (a) constituye la estructura del fantasma al cual Lacan dará la siguiente fórmula: $*a.

La metonimia del deseo

Así, si el sujeto aparece como el sujeto que desea dejando de ser únicamente el objeto del deseo del Otro y esto, gracias al significante, él paga el precio con una división que lleva una parte de sí mismo a su propio inconsciente, y también paga con una pérdida que supone la renuncia a ese objeto primordial. Esta desviación entre el objeto primordial perdido y los objetos sustitutivos que no dejarán de reemplazarlo, lo mismo que esta distinción entre estos objetos sustitutivos y los significantes que pueden simbolizarlos, es realmente la condición necesaria de un renacimiento permanente del deseo. Lo que llevó a Lacan a decir: «El símbolo se manifiesta en primer lugar como un asesinato de la cosa y esta muerte constituye para el sujeto la eternización de su deseo».

Esta eternización del deseo en el sujeto, este renacimiento del deseo de los objetos sustitutivos del objeto perdido toma la forma de otra figura lingüística, la metonimia, en la cual el sujeto desea una parte, que es el objeto sustitutivo, en lugar del todo, que es el objeto perdido.

El sujeto está así trastornado en el lenguaje que le aleja progresivamente del objeto principal de su deseo. Si la metáfora paterna le constituye como sujeto, al mismo tiempo le lleva a no poder expresar nunca más su deseo más que a través de palabras inapropiadas y no a decirlo de forma completa. El deseo del sujeto se pierde a través de la demanda, y el psicoanálisis devolverá al sujeto los significantes de su deseo dejando la demanda insatisfecha como tal.

Este punto esencial constituye, por otra parte, la diferencia radical entre el psicoanálisis y todas las demás terapias, cualquiera que sean éstas.

A través de los desarrollos que acabamos de ver, somos ahora capaces de comprender un poco mejor lo que hacía decir a Lacan que «el inconsciente está estructurado como un lenguaje».

Lo real

El concepto de real, efectivo, es, al estudiar a Lacan, el registro más difícil de presentar. Ciertamente porque lo que define, lo real, se entiende como lo que escapa a la simbolización y, por ello, sería por naturaleza inadecuado a una formalización. Es lo que hacía decir a Lacan que «lo real no para nunca de no escribirse».

Y es una experiencia constante en la cura el ser enfrentado a aquello que no para de no escribirse, y «que vuelve siempre al mismo lugar», siempre escapando al significante, al símbolo, al mundo del lenguaje que trata invariablemente de circunscribirlo sin jamás llegar a lograrlo.

Hemos visto que el sujeto aparece como sujeto pagando un precio, de un lado, por su división y, de otro lado, con la pérdida que supone, la renuncia al objeto primordial. Esta pérdida es la condición misma de la permanencia del deseo, de la eternización del deseo en el sujeto. Este deseo aspirará siempre a objetos sustitutivos en el lugar del objeto primordial irremediablemente perdido, y esta distinción debida a la sustitución definirá el lugar de lo real. Por otra parte, este lugar de lo real se define también por la distinción entre la cosa y lo que la simboliza. Habrá también dos caras de lo real, dos puntos de unión: uno, con lo imaginario, y otro, con lo simbólico. A lo largo de todas sus enseñanzas, Lacan intentará acercarse lo más posible a la experiencia clínica tratando de cercarla con esta trilogía de lo real, lo imaginario y lo simbólico.

El fantasma

Para Freud, es con la represión originaria con la que podemos asir lo que irremediablemente se perderá, pero esto no constituirá menos el núcleo del inconsciente. El núcleo de la represión originaria ejercerá una atracción sobre los elementos, que además sufrirán un rechazo por parte de las exigencias ideales o del superyó. A este nivel se situará la primera ruptura que llevó a Freud a hablar de una realidad psíquica, diferente de la realidad exterior o material, y que no se puede reducir a lo que se podría llamar la realidad interior de un campo de introspección psicológica, por ejemplo.

Admitiendo que la realidad aparentemente material de las escenas de seducción que contaban los histéricos no eran de hecho más que un fantasma, un fantasma del deseo, Freud dio un paso esencial en la puesta en marcha de una realidad psíquica que no definía, una vez más, una realidad interior opuesta a una realidad exterior, sino más bien un núcleo, heterogéneo y real. Este núcleo es subyacente a todas las formaciones del inconsciente, constituye de alguna manera su ombligo. Para Freud, se trata del deseo inconsciente, el fantasma del deseo.

El objeto (a)

Lacan aísla lo que constituye el objeto de este fantasma, y le llama objeto (a). Este objeto (a) es real y causa el deseo del sujeto. Hemos visto que Lacan le da un lugar que se acerca a aquel del objeto parcial definido por M. Klein, pero ya puesto de manifiesto por Freud como objeto de las pulsiones parciales: el seno, el excremento, el falo. Lacan añadió la voz y la mirada.

Lacan va a llamar a este objeto (a) el *plus del goce*, lo que define una especie de condensación de gozo en esos lugares del cuerpo donde Freud puso de manifiesto las pulsiones sexuales parciales. Lacan insiste sobre la separación de estos objetos entre la madre y el niño, y así define, al principio, el lugar que ocupa el propio sujeto, identificado como está con el deseo del Otro original, que es la madre. El fantasma, que Lacan escribía $*a, define la relación del sujeto con el objeto, que es lo que causa su deseo. En la cura, la transferencia dará al objeto (a) la ocasión de hacer alarde de sus efectos, especialmente en la resistencia del síntoma a curarse, puesto que el sujeto encontrará un placer suplementario, un añadido de gozo, que Freud llamó satisfacción. Es lo mismo que decir que este objeto (a) regula la marcha de la cura y su fin.

Esto era previsible desde los primeros acercamientos que hizo Lacan al fin del análisis en el que él veía una salida sobre lo real. Es incluso más nítido en las últimas elaboraciones teóricas que realizará Lacan sobre esta cuestión.

La forclusión (repudio) del nombre del padre

No es extraño tener que señalar que uno de los puntos clínicos a los que Lacan se tuvo que agarrar para abordar lo real se encuentra en la psicosis.

El concepto de forclusión que deduce de su estudio del caso

EL PSICOANÁLISIS

Schreber da a la teoría freudiana del rechazo o repudio una dimensión más cerrada sobre el plano clínico. La alucinación del psicótico es aprovechada como una vuelta en lo real de aquello que no ha sido simbolizado, de aquello que no ha encontrado su sitio en el mundo del lenguaje. Para Lacan, lo que condiciona la psicosis será la forclusión, el rechazo, la no aparición de un significante primordial. Este significante esencial lo hemos visto ya interviniendo en la dialéctica edípica. Permite al sujeto reprimir el significante del deseo de la madre, el falo. La represión da fe de la renuncia del niño a su madre y le inscribe en el campo de la cultura y de la ley. Este significante, ya lo hemos visto, es el significante del nombre del padre.

Una vez que el significante está excluido, el niño no puede apoyarse en él para renunciar a su madre y reprimir su deseo incestuoso. Queda así sometido al arbitrio del deseo de la madre. La metáfora paterna fracasa, lo que explica la clínica de la psicosis y la relación particular del psicótico con el lenguaje. En resumen, se dirá que, en el esquizofrénico, no importa qué significante pueda definir un concepto o un significado en particular. Lo que explica la frecuencia de neologismos y da al lenguaje esquizofrénico una gran proximidad con el lenguaje poético. En cuanto a la paranoia, un único significante será capaz de definir cualquier concepto o significado.

VII
LA PRÁCTICA DEL ANÁLISIS

Si es incontestable que con Lacan la práctica del psicoanálisis cambió, es aún mucho más incontestable que la práctica del psicoanálisis es radicalmente diferente de otras prácticas llamadas psicoterapéuticas.

La escucha

La primera cosa que llama la atención desde la primera conversación con un psicoanalista, es que se produce una escucha completamente diferente. La escucha de un médico, aun siendo compasivo con el sufrimiento del paciente, permanece al acecho de los indicadores, de los signos que le permitirán establecer un diagnóstico. El psicoanálisis, por su parte, no vigila que aparezca ningún indicador, ningún signo que pudiera indicar la presencia de una neurosis o de una psicosis. Escucha el discurso de un sujeto que trata de explicar su sufrimiento y, en los fallos de ese discurso, escucha la presencia del inconsciente, del Otro que habla a través del sujeto.

Allí donde el psicoterapeuta se compadece del sufrimiento del sujeto, el analista permanece neutro, dado que sabe, por experiencia, que el sujeto está dividido y que lo que puede ser sufrimiento para una parte del sujeto puede ser también placer para la otra.

Esto es lo que diferencia la escucha en el psicoanálisis de la escucha de un amigo. El amigo, que se convierte en el testigo de quien se queja, quien por su parte acusa a su conjunto, su familia o su entorno de ser el origen de sus males y desgracias, tomará casi siempre partido en favor del sujeto y en contra de los otros. El psicoanalista permanecerá neutro. Su benévola escucha permite progresivamente al paciente clasificar las culpas y, en fin, reconocer en qué ha podido ser él el artesano de su propia desgracia o tristeza.

El silencio

Si el paciente se da cuenta desde la primera conversación del alcance de la escucha, soporta más o menos bien el silencio del analista.

Este silencio se ha llegado a convertir en característico, incluso caricaturesco. El silencio del analista es el soporte, la base de su escucha. Puede que el paciente intente que le hable porque ya no soporta durante mucho más tiempo su silencio.

El analista puede hablar, sin por ello salir de su neutralidad y sabiendo en qué registro interviene. Nada le impide, por ejemplo, tranquilizar al paciente en sus difíciles travesías. Únicamente, en ese momento, no está ya en el lugar del analista. Aislarse en un silencio a toda prueba puede convertirse en algo caricaturesco, dado que el análisis está hecho de momentos fecundos en los que habla el inconsciente al que hay que escuchar. Como dice Lacan, el analista, gracias a su silencio, le cede la palabra al Otro.

La neutralidad del analista

Esta neutralidad del analista, que constituye una característica fundamental de su escucha, es una neutralidad respecto a todo lo que dice el paciente, es decir, una actitud «separada, despegada, que evita toda idea preconcebida» con el objetivo de dejarse «sorprender por cualquier hecho inesperado», como decía Freud.

El analista no debe sustituir su propia censura por la del paciente. Si exige del paciente la aplicación de la regla de la asociación libre, debe estar preparado para recibir cualquier historia que le cuenten, sin elección previa.

La neutralidad también se puede concebir como la garante

EL PSICOANÁLISIS

del conflicto entre las diferentes partes del pensamiento del paciente. Si el analista se *decanta*, por ejemplo, del lado del superyó del analizado, es el polo pulsional, el ello, lo que se desencadena. Si, al contrario, el analista parece favorecer los desbordamientos pulsionales del sujeto, será el superyó quien se desencadenará.

La atención flotante

Con el objetivo de ser más receptivo a la palabra del inconsciente, a las palabras del Otro, sin realizar una selección, la atención del analista debe ser una atención flotante.

Esto coloca al analista en las mejores condiciones para estar a la escucha de las formaciones del inconsciente. Como estas últimas responden a las características de los procesos primarios que rigen el inconsciente, la atención del analista no puede estar dirigida propiamente a los procesos secundarios, es decir, ser una atención que sobrevalore uno o una serie de elementos en perjuicio de los otros. Freud la calificaba de flotante porque no se parece a la atención que se utiliza en el razonamiento, cuando se reflexiona o cuando se realiza un esfuerzo de memoria. Esta atención flotante coloca al analista en un estado próximo al del analizado durante su proceso de asociación libre de ideas. Es de hecho por esta razón por la que cuando el analista trabaja y se nos ocurre llamarle después de una sesión, siempre tiene una voz *rara*, un poco como si acabáramos de sacarle de un ensueño...

La asociación libre de ideas

La función de la regla de la asociación libre es la de permitir al analizado aceptar las formaciones de su inconsciente, un poco como en una ensoñación, en un duermevela, donde el lenguaje lógico, coherente, comienza a divagar, paralizado por pensamientos *absurdos*, sin interés o claramente obscenos.

Esta *invención* freudiana es absolutamente única en la historia de la humanidad. Nunca se podrá explicar todo lo que se nos pasa por la cabeza mientras hablamos con cualquier persona. Únicamente se puede hacer con el analista. Y de hecho no se hace jamás como se supone que podemos hacerlo.

Con la asociación libre de ideas es imposible no decir la verdad, incluso cuando nos equivocamos o mentimos. En primer lugar, nos damos cuenta que se dice siempre más de lo que quisiéramos decir, y así se toma la medida del Otro que habla en nosotros. Al mismo tiempo, a pesar de las diferentes direcciones que pueden tomar estas palabras (esta historia) *desbocadas*, se vuelve siempre incansablemente a las mismas cosas: «Pero yo ya le había dicho esto», dicen invariablemente los analizados. En efecto, es la presencia de lo real lo que lastra nuestras asociaciones, lo que las impide que vayan completamente a la deriva y lo que las devuelve siempre al mismo lugar.

Volver al mismo lugar no es dar vueltas en redondo, sino volver a pasar por debajo de un mismo punto, como si camináramos sobre una espiral más que sobre un círculo. La diferencia entre estas vueltas se mide por la experiencia de saber, de conocimiento, que viene a alojarse en el lugar del goce y del sufrimiento del síntoma.

La interpretación

Esperamos del analista que haga funcionar su saber en términos de verdad, decía Lacan. Se trata, en efecto, de la función

LA PRÁCTICA DEL ANÁLISIS

de la interpretación, que únicamente puede ser modificadora (mutativa) en un momento en que la verdad reprimida del sujeto está preparada para aparecer. Si no, decía Freud, tiene por único efecto el suscitar una resistencia suplementaria en el analizado. También por ello el psicoanálisis no puede aprenderse en los bancos de la universidad. El saber de la teoría analítica sólo es operativo cuando toca una verdad que luchaba por aparecer a través de un sueño, una asociación de ideas o un síntoma.

Gracias a la interpretación, el analista permite al analizado *dar a luz* una verdad. Levanta una represión y restablece la continuidad en una cadena simbólica hasta entonces *censurada*. *Las palabras para decirlo*, es el título dado por María Cardinal al libro donde ella cuenta su análisis. ¿Qué hay más bello para definir un análisis? Recordemos lo dicho en el origen por Anna O.: cura por la palabra.

La interpretación restituye (devuelve) al sujeto que habla lo que se entendía a través de lo que él mismo decía. El analista habla, por tanto, desde el lugar del Otro, entendiendo en el decir del sujeto la palabra misma del Otro. Lo que empuja a Lacan a rechazar la idea de una intersubjetividad. No hay dos sujetos en el análisis; hay dos personas: el analizado y el analista. Hay un sujeto que habla, y un Otro, el inconsciente, que habla a través de él. El analista desaparece como sujeto para ocupar la plaza del Otro. Y la interpretación es, por tanto, el mejor ejemplo.

Únicamente la interpretación es un momento privilegiado, raro y fecundo del análisis. Pone en juego un eje simbólico, y se lleva a cabo según las estructuras del lenguaje. Lo que coloca habitualmente obstáculos a este eje simbólico es un muro imaginario que pone en juego las diferentes identificaciones del sujeto. Es este eje imaginario el que constituye la otra vertiente de la transferencia, donde el analista está comprometido, y que se opone a la interpretación.

Dicho de otra manera, la interpretación nos permite entender cómo el analista opera desde el mismo lugar del Otro, desde el inconsciente. Pero la resistencia en el análisis nos permite también comprender que también el lugar del analista es el de un otro imaginario (de un pequeño otro), soporte de todas las proyecciones.

La interpretación no es una lectura de los sueños o de las líneas de la mano. No participa de ninguna mística y no reposa sobre la intuición. Es lo que hace que el análisis pueda aspirar a ser una ciencia, sin que por ello llegue a serlo.

El diván

El diván facilita la asociación libre de ideas, pero no es indispensable para el desarrollo del análisis. Sin embargo, cuando nos encontramos cara a cara con alguien es muy difícil decir no importa qué cosas, proferir *tonterías*. Tendremos tendencia a construir un discurso y a darle una osamenta lógica e inteligible. Estaremos tentados de buscar la aprobación o la desaprobación en el rostro del otro. Tumbado, la palabra se libera del peso de la mirada. Lo que no impide al analizado vigilar la voz del analista para conocer si se produce aprobación o desaprobación, lo mismo que antes buscaba en su mirada.

Además, el diván facilita el trabajo de análisis colocando al analizado en una situación similar a la del sueño o ensueño: la motricidad queda suspendida, lo que da a las palabras todo su peso (toda su importancia) y a los procesos primarios un mejor

EL PSICOANÁLISIS

campo de acción. En este punto, algunos colegas llaman a la sesión un estado de sueño.

Pero el diván no es indispensable en la cura. Muy a menudo, provoca en el paciente una sensación de *inferioridad*, en el sentido de que no está en el mismo *plano* que el analista. Por el contrario, para algunos de que conocen el ritual del análisis, no estar tumbados sobre el diván les produce esta misma impresión de inferioridad: «Yo no soy bueno para el análisis», piensan ellos.

Sea lo que sea, y como decía Françoise Dolto, que no dudaba en sentarse en el suelo cuando hacía falta, lo importante es conseguir que el análisis sea posible para el analizado sin por ello dejar de hacer presente al Otro.

El pago

Otro de los medios de conseguir que el análisis sea posible es el pago. Françoise Dolto hacía pagar a los niños, incluso desde su más temprana edad. Un franco, una piedra o un dibujo. Le era difícil de imaginar una sesión que finalizara sin este gesto que deja *libre, exento*, al analizado respecto a su analista. Y este gesto también deja libre, exento, al analizado respecto a lo que ha dicho durante la sesión. En efecto, hay cosas que nunca podrían decir si no fuera pagando un precio por ello. Y este precio no puede ser igual para todo el mundo. No porque el analista fije sus honorarios *al dictado de su cliente*, sino porque el precio que puede ser irrisorio para uno también puede ser insuperable para otro.

Una de las reglas del análisis es la de que cualquier sesión, aunque se falte a ella, debe pagarse. Esta regla da valor al alcance de este acto fallido, en tanto que éste es el logro, el éxito del deseo inconsciente. Si se logra el acto fallido es porque se ha permitido mostrarse tal cual al deseo inconsciente. El análisis tiene en cuenta el determinismo inconsciente y nada de lo que ocurre durante la cura es fruto del azar.

Con tan sólo la evocación del pago surgen una multitud de preguntas. Por un lado, los tabúes que se crean en relación con la ideología reinante que digiere mal sus resistencias hacia el análisis; por otro lado, algo que afecta a la propia clínica psicoanalítica, tanto el gesto de pagar como el propio pago, pueden transformar algunas veces de forma completa el desarrollo de la cura. Estas cuestiones se refieren igualmente a la posible gratuidad del análisis, tal y como se practica en los ambulatorios, centros de salud o cualquier otra estructura a cargo de la Administración [22].

La duración del análisis

La intervención de los organismos pagadores genera un derecho de vigilancia sobre los resultados y el tiempo necesario para obtenerlos. Dicho de otra manera, los organismos pagadores medicalizan la consulta psicoanalítica y la propia cura. En Alemania, por ejemplo, estiman que son necesarios seis meses para curar una fobia...

Además de todas las dificultades que esta intervención entraña, obliga actualmente a los analistas a interrogarse sobre la duración del análisis, máxime

---

[22] Siempre que se produce un reembolso por parte de un tercero (compañía de seguro, privada o pública, por ejemplo el seguro escolar), el hecho de tener que dar cuenta a esta entidad de la pertinencia de la cura o de la evolución de la misma, complica su desarrollo. (N. del A.)

LA PRÁCTICA DEL ANÁLISIS

cuando precisamente por eso el psicoanálisis está sometido a la competencia de toda una gama de terapias modernas. El análisis dura demasiado tiempo.

En los tiempos de Freud, los análisis duraban menos que hoy en día. Pero ya Ferenczi se había dado cuenta de que el tiempo de una curación debía depender del objetivo que uno se propusiera. Y la primera diferencia separaba los análisis terapéuticos de los análisis didácticos.

Pero si es verdad que el análisis de un futuro analista debe durar más tiempo que el de un paciente, quien no demanda más que la curación de sus síntomas —y ello con el objetivo de tocar lo que Ferenczi llamaba la disolución cristalina del carácter—, muchas curaciones se han hundido muy deprisa. Los analistas comprendieron que esto podría durar toda la vida. Hacía falta zanjar la cuestión.

Con *el hombre de los lobos*, Freud constató que el paciente se había instalado en un inmovilismo ligado a los beneficios que obtenía de sus síntomas. Así, Freud fijó un término a la cura. Cuando el paciente se dio cuenta de que Freud hablaba seriamente, en un tiempo récord le ofreció el material necesario para la resolución de sus síntomas. Freud escribió que «la despiadada presión del tiempo» arrastró al *hombre de los lobos* a «entregar en un tiempo de brevedad desproporcionada con su ritmo anterior» el material necesario para la comprensión de la neurosis. Freud añadió que el paciente tenía entonces una lucidez que únicamente se obtenía de forma habitual utilizando la hipnosis.

Las sesiones de duración variable

¿Obtuvo Lacan una enseñanza de la historia del *hombre de los lobos* antes de comenzar a practicar las sesiones de duración variable?[23]. Sea lo que sea, no podemos más que dejarnos llevar por la descripción que hace Freud, y donde aparece claramente que el tiempo del inconsciente no es el mismo tiempo del reloj.

Cuando Lacan innovó, muchos analistas pensaron, y piensan todavía, que pagando, el paciente tiene derecho a un tiempo de conversación definido. Incluso si llena este tiempo con tonterías y palabras que nada quieren decir.

Al practicar la sesión de duración variable, Lacan hace de la interrupción de la sesión como un signo de puntuación que da al discurso del paciente una consistencia completamente distinta, permitiendo el resurgimiento del deseo inconsciente.

Es cierto que si el paciente no sabe cuándo finalizará su sesión, está en una referencia de tiempo completamente diferente que aquel otro paciente que se *instala* sobre el diván durante sus tres cuartos de hora establecidos. Sin embargo, no se trata tampoco de fijar una nueva regla, aquella de la sesión corta que han llevado a la práctica muchos de los alumnos de Lacan. En este sentido, toda sistematización no tiene en cuenta ni las variaciones humanas ni las variaciones de la clínica analítica que determinan una referencia de tiempo diferente tanto para el analista que escucha como para el paciente que habla.

---

[23] La discusión sobre la duración de la sesión, considerada variable por Lacan y fija por la IPA, fue uno de los puntos nodales que obligó a que uno y otra se distanciaran. (N. del A.)

EL PSICOANÁLISIS

La curación

Hemos visto cómo Freud impulsaba *la curación* del *hombre de los lobos* fijando un término, un final a su cura. Después de que Freud dijera que quería asegurarse «de que se impediría a la terapia el matar a la ciencia» y de que «la curación venía por añadidura», es cierto que se volvió difícil para los analistas definirse sobre esta cuestión.

Para Freud era importante señalar que la investigación del inconsciente debía primar sobre todo lo demás. El analista no debe dejarse llevar por un deseo de sanar, sino más bien por un deseo de saber. Ahora bien, el analizado, incluso si él mismo solicita la curación de sus síntomas, puede asustarse delante de la verdad que se descubre en el análisis y *salir corriendo*, volviendo a embalar los síntomas en su caja. La idea de la curación es, por tanto, muy particular en el análisis, y no se puede separar, como en la historia del *hombre de los lobos*, de la dimensión del tiempo de la curación y de sus objetivos.

Podemos resumir las posiciones extremas diciendo que, por un lado, se exagera al no considerar el análisis como terminado hasta que el paciente ha logrado alcanzar un funcionamiento psíquico definido de tal manera que puede considerarse ideal. Por otro lado, se cae en el exceso contrario, olvidando que, si el analista debe desconfiar de su deseo de sanar y debe dejar llegar por sí misma la curación, no hace falta tampoco que él se convierta en un aliado de la repetición.

Sea lo que sea, es al paciente al que le corresponde en primer lugar decir si lo que ha adquirido es o no suficiente. La curación de los síntomas puede ser una trampa que haga decir a los analistas que el paciente huye hacia la salud. ¿Por qué no? No se puede, en nombre del análisis, empujar a un paciente a prolongar su cura más allá de un determinado punto, salvo si es un candidato para ser analista. Y en todo caso, no es ciertamente la identificación con el analista el determinante de la curación, como sostiene D. Lagache.

Los fines de un análisis

La cuestión de la curación está, por tanto, ligada a los fines que se fijen el analista y el analizado. Y estos fines pueden variar en cualquier punto del camino. Por ejemplo, un paciente que ha llegado hasta el análisis sólo para curarse puede encontrarse en un momento dado con el deseo de ser él mismo analista. Y viceversa. El tiempo de la cura y sus fines se habrían cambiado.

Para Freud, el fin de un análisis era liberar la energía que el sujeto empleaba en la represión. Esta idea, presentada aquí rápidamente, está ligada a la concepción freudiana de la sublimación. La sublimación es un proceso que utiliza la fuerza de la energía sexual, la fuerza de las pulsiones sexuales, dirigiéndolas, sin embargo, sobre otro fin y sobre otro objeto que sean valorados por la sociedad en la que vive el sujeto. En la sublimación, el fin y el objeto de la pulsión no son ya sexuales. Este proceso explica a los ojos de los analistas muchas de las actividades humanas, en apariencia sin ninguna relación con la sexualidad, pero que, sin embargo, obtienen su fuerza de las pulsiones sexuales.

Contrariamente a la formación reactiva, que hemos visto en el cuadro de la neurosis obsesiva sobre todo, y que necesita de un gasto permanente de energía —como en el caso de una limpieza excesiva en la que el sujeto se pasa el tiempo limpiando para luchar contra su propio de-

LA PRÁCTICA DEL ANÁLISIS

seo de manchar—, la sublimación opera sin represión y dirige la energía sexual directamente hacia un fin socialmente aceptado y diferente, sin tener, por tanto, que luchar para mantener lo reprimido en su lugar. Por ejemplo, podría hacer de la limpieza su profesión [24].

Para muchos analistas, el resultado de un análisis se juzgaría por la capacidad encontrada o reencontrada del sujeto para sublimar.

La necesidad de un análisis

Indicación da inmediatamente a la cura una dimensión médica, como la de una terapia de pago. Se indicaría un análisis como se recomienda una intervención médica, por ejemplo. Aunque la experiencia haya mostrado que con un cierto tipo de pacientes, *siempre los mismos*, el análisis fracasa, lo que provoca que los analistas tiendan a liberarse de su responsabilidad y a atribuírsela a los pacientes considerados como no analizables, me parece necesario no cerrar esta cuestión hablando únicamente de indicación y de contraindicación.

Cuando se va a ver a un analista es normalmente porque se tiene una dosis de sufrimiento que ya no se puede controlar. Ya no hay acuerdo posible. Ya no se puede negociar lo que se había podido hasta ese momento. La verdad reprimida ya no aparece en los sueños o en un síntoma transitorio, sino que se dice, a medias, a través de las limitaciones o inhibiciones, de síntomas inoportunos, de una explosión de angustia o incluso de un delirio.

El análisis es el medio que se utiliza para aceptar de otra manera esta verdad, es decir, con las palabras.

Partiendo de aquí, toda demanda de análisis puede ser acogida, dado que no le corresponde al paciente ajustarse y adaptarse al marco de la cura, sino al analista y al encuadre adaptarse al paciente. Como lo hacía, por ejemplo, Winnicott, del que los pacientes decían que «había un Winnicott para cada uno».

---

[24] Desde operario de limpieza hasta restaurador de cuadros. (N. del A.)

VIII

LA FORMACIÓN DEL ANALISTA

Lacan tenía la costumbre de repetir: «No hay formación del analista, no hay más que formaciones del inconsciente».

Por provocadora que sea, esta idea de Lacan tiene la ventaja de poner el acento sobre las formaciones del inconsciente y hacer del sueño, del lapsus o del síntoma la misma base de la formación del analista. La formación del analista existe: bonita y buena; pero no puede realizarse más que si el analista aprende a aceptar las formaciones de su propio inconsciente. Es decir, si el analista hace en primer lugar un análisis personal.

El análisis personal del analista

Este análisis no difiere en nada de cualquier otro análisis. Desde los tiempos de Freud, el análisis personal ha sido reconocido como necesario para la formación del futuro analista, a pesar de que los propios pioneros del psicoanálisis no hicieran un análisis en toda regla, tal y como se practica hoy en día. Freud hizo su análisis a través de su correspondencia con Fliess, Jung y Ferenczi. Este último hizo algunas semanas de análisis, en el sentido propio del término, con Freud. Muchos de los pioneros del psicoanálisis hicieron un análisis acelerado con Freud, a través de sus paseos juntos o de sus viajes en común. En fin, Freud recomendaba a algunos de sus alumnos *tirarse a la piscina* y hacer su análisis con los pacientes que iban a recibir.

Esta excepcional situación de los inicios del psicoanálisis no podía convertirse en regla, teniendo en cuenta además que los analistas se percataban progresivamente de que lo que ellos no entendían mientras escuchaban a sus pacientes se debía esencialmente a sus propios puntos negros, a lo que no había sido analizado en ellos mismos, o, dicho de otra manera, a sus propias resistencias. Se imponía, pues, la necesidad de un análisis personal.

Pero si la valentía de los pioneros les llevó a reconocer el papel de sus propias resistencias en los fracasos de las curas que ellos mismos dirigían, progresivamente se fueron encaminando hacia la idea de que el análisis de los analistas debía abolir todas estas resistencias. Se empezó entonces a distinguir entre un análisis llamado terapéutico y un análisis didáctico, es decir, que enseña.

Si bien la duración de un análisis puede variar en función del fin que se le dé, y es evidente que la investigación del inconsciente exigida al futuro analista no es la misma que a cualquier otro, el análisis es siempre el mismo. Dicho de otra manera, si se puede considerar un análisis referido a lo terapéutico y un análisis referido a lo didáctico, nada hay que los distinga al principio. Es únicamente al final cuando podremos decir que el análisis de alguien ha sido o no didáctico para él.

Enunciando de una forma tan simple las cosas, Lacan conmocionó de lleno el fondo de la institución psicoanalítica y la estructura jerárquica que le había sido impuesta por la IPA.

Análisis terapéutico y análisis didáctico

La jerarquía institucional había terminado por distinguir dos *clases* de analistas: el analista practicante y el analista didáctico. El primero sanaba y el segundo formaba a los analistas... El analista candidato, una vez finalizado su análisis *terapéutico*, debía llevar a cabo un análisis *didáctico*[25]. Esta separa-

---

[25] Esto hoy en día consiste en que sólo se reconoce por la IPA un análisis personal de un futuro analista cuando aquél se ha venido realizando durante

ción artificial entre estos dos tipos de análisis y entre dos clases de analistas no garantizaba para nada que, al principio, el análisis con un analista didáctico fuera realmente didáctico. Por contra, y la experiencia empezaba a demostrarlo, cualquier análisis con cualquier analista podía resultar, en principio, didáctico, es decir, formativo, hasta el punto de permitirle al analista ejercer como tal.

Para la jerarquía institucional, esta idea de Lacan era escandalosa y peligrosamente subversiva. Amenazaba, de hecho, sus privilegios. En 1967, Lacan desarrolló esta idea en su proposición sobre el pase, proceso que inventó para aceptar el testimonio del analista que cree que su análisis le ha enseñado lo que le permitirá ser analista a su vez.

«El analista no se apoya más que en sí mismo (se autoriza por sí mismo)»

Antes de llegar a este procedimiento, la experiencia había demostrado ya que esto era posible. Hacía falta tomar conciencia de esta experiencia; una vez que el análisis del candidato se había logrado, éste se había formado para recibir a su vez a los pacientes. Lacan enunció este proceso fundando la Escuela Freudiana de París en 1963: «El analista se autoriza por sí mismo». Otro enunciado básicamente subversivo, pero que no hacía más que reconciliar las enseñanzas de Freud: el analista no puede esperar la autorización de la institución para ser analista. La institución había entonces terminado por adquirir un poder desorbitado en el control de la reproducción de los analistas. Y este poder no se derivaba en nada de la autoridad que da la propia experiencia analítica. Simplemente permitía a la jerarquía reproducirse según un proceso de duplicación, por la identificación con el analista didáctico, considerada como explicación del fin del análisis.

Colocando en entredicho la teoría de la identificación al *yo* (moi) *fuerte del analista* como explicación del fin del análisis y de la *curación*, Lacan había dado ya un severo golpe a la esclerosis que se había adueñado de la formación del analista y de sus ritos en el seno de la IPA.

La teoría de Lacan sobre el fin del análisis

Lacan acentúa aún más la zanja que le separa de la asociación internacional con su teoría sobre el fin del análisis, teoría que elabora a partir de su experiencia y a lo largo de su enseñanza. El desconcierto y el desvalimiento que invaden al analizado al final de su recorrido testimonian que ya ninguna identificación le sostiene. Al contrario, todos sus pretextos imaginarios caen, y el sujeto se encuentra en un momento tal de destitución, que ya nada le conforta. Hace la experiencia de *una relación opaca en el origen* y se encuentra frente al agujero sobre el cual se funda el inconsciente, lo que Freud llama represión originaria y Lacan denomina lo real.

El analizado puede, al final del recorrido, realizar la experiencia de ese agujero en el origen, de ese momento en el que el niño aún no había adquirido el apoyo

---

un tiempo mínimo de varios años y con un analista cuya capacitación se considera suficiente en su momento para que se le denomine *analista didáctico*. El proceso en curso no se diferencia en sí mismo entre *didáctico* o *terapéutico*, salvo por la intención consciente del analizado. (N. del A.)

del lenguaje al ser un tiempo anterior al del Fort-Da. Es lo que le deja reconocer los medios imaginarios y simbólicos que le permitieron construirse una estructura alrededor de ese agujero real. Por esto mismo, para Lacan, el fin del análisis constituye la mejor de las formaciones.

Pero, para la institución, la experiencia de ese agujero es insoportable, dado que destituye al maestro y a su saber y pone en entredicho la función del padre ideal. De ahí la función defensiva y antianalítica de la identificación con el analista promovida por la institución como teoría del fin del análisis.

Para Lacan, es el analista quien *autoriza* ese momento a través de su propia experiencia. Una vez más es necesario que de fe de ello a sus semejantes, que diga alguna cosa. La institución analítica no es, por tanto, inútil. Al contrario, puede autentificar y reconocer el camino analítico del candidato y habilitarle.

El analista se autoriza por sí mismo y por algunos otros

El analista no puede permanecer en soledad cara a sus semejantes, incluso cuando su acto es fundamentalmente solitario. Lacan completa ahora su famoso enunciado: el analista se autoriza por sí mismo y por algunos otros.

Esos otros, es decir, sus semejantes, reagrupados o no en una institución, pueden reconocer al analista según dos modalidades:

— a través del camino por el que ha llegado a ser analista, es decir, como le ha formado su análisis personal;

— a través del trabajo que él realiza con sus pacientes, es decir, a través de su práctica analítica.

El control o la supervisión

Todas las asociaciones psicoanalíticas se ponen de acuerdo sobre la necesidad de la segunda modalidad. Se trata del control o de la supervisión.

Este término hace referencia al trabajo que hace un analista en formación junto a uno con experiencia. El más experimentado supervisa cómo el principiante conduce una cura. Será ocasión para que éste saque provecho de la experiencia de ese más experimentado, para ver más claro dentro de las dificultades y los obstáculos que entorpecen su escucha. Podrá hablar con su controlador de la *clínica* que se autoimpone en su trabajo de escucha. Aprenderá que cada paciente es una historia particular, pero que existen entre los pacientes *invariantes* estructurales. Verá cambiar esta *clínica* a medida que evolucione la cura de su paciente. Se verá arrastrado por las trampas del amor del odio, y se sorprenderá a sí mismo haciendo una interpretación que restablecerá la trama de las palabras, la cadena de significantes por la que el sujeto se hace representar. Tendrá también ocasión de darse cuenta de sus propias resistencias y de entender una u otra parte del discurso del paciente. En fin, sabrá que lo que le parecen sus propios callejones sin salida tienen relación con los de su analista.

Cualesquiera que sean la riqueza o la utilidad de este acompañamiento, en su acto el analista permanece fundamentalmente solo. Incluso cuando, en los segundos siguientes a su intervención, llega a pensar: «¿Qué dirá mi supervisor?».

Si casi la totalidad de los analistas reconocen la necesidad de la supervisión o control, no todos, sin embargo, están de acuerdo sobre la utilidad de la primera modalidad de reconocimiento: aquella por la que el analista da fe a sus semejantes de lo que le ha hecho analista, es decir, de los efectos formativos de su análisis personal.

El pase

Lacan distinguía entre la capacidad y la técnica, sin excluir la posibilidad de que un analista pudiera demostrar a la vez las dos cualidades.

Si la capacidad del analista puede reconocerse, sobre todo, durante el control, su técnica debería reconocerse mediante otras vías institucionales. Porque hablar de su análisis a sus semejantes no se realiza sin riesgos. Si esto se ha hecho siempre entre analistas en los que se confía o entre amigos, no es lo mismo en la institución, probablemente porque no sólo el analista podría verse arrastrado a hablar de su vida privada, sino también, y sobre todo, porque, a su manera, podría descubrir las resistencias y los callejones sin salida de su propio analista al hablar de los que él encontró en su cura.

Ahora bien, la institución transmite el mito de un analista ideal, de un profesor perfecto con el que el candidato debe identificarse. Preguntar por el análisis del candidato, sobre su desarrollo y, sobre todo, por su fin, pondría a la institución en peligro. Una eventual contratécnica del candidato que se arriesgara a hablar de su análisis podría poner de manifiesto una contratécnica análoga en su analista; incluso, lo que es peor, podría poner de manifiesto su incompetencia.

He aquí por qué el pase, proceso inventado por Lacan para recoger este testimonio, se reveló como peligroso y desembocó finalmente en un fracaso. Y cualesquiera que sean las razones de este fracaso, estén o no ligadas al propio proceso, el pase plantea una cuestión inevitable, insoslayable, porque permite tener una idea sobre ese momento único que es el camino entre analizado y analista, el camino entre el diván y el sillón, cuestión que nunca antes había sido abordada públicamente por la institución analítica.

La institución psicoanalítica y la identidad imposible del analista

Si esta cuestión del pase no existía aún en 1953, fecha en la que se produjo la primera escisión en el movimiento psicoanalítico francés, los problemas ligados a la formación de los analistas han existido siempre, y siempre han estado en el centro de todas las divergencias y escisiones. Por las razones que acabamos de ver rápidamente y que versan sobre la cuestión de la reproducción de *esta raza aparte* que son los analistas.

Por ejemplo, se le podría perdonar todo a Lacan en tanto que él era un teórico entre los demás o en tanto que era un profesor, un didáctico entre los demás. Pero no se le puede perdonar ser un jefe de escuela, es decir, estar en disposición de rivalizar con el propio Freud.

De aquí, como dice E. Roudinesco, la guerra que le declararon la Asociación Psicoanalítica Internacional (IPA) y la Sociedad Psicoanalítica de París. Después de la escisión de 1953, la nueva sociedad, la Sociedad Francesa de Psicoanálisis, fue admitida en el seno de la IPA con la condición de que Lacan fuera relevado de sus funciones docentes. Es decir, con la condición de que no formara más analistas, de que no se repro-

LA FORMACIÓN DEL ANALISTA

dujera más. Como ya entonces Lacan tenía el grupo más numeroso de alumnos y de analistas en formación, privarle de enseñar era el mejor medio para convertirle en alguien estéril.

Como hemos visto, Lacan iba a dar completamente la vuelta al principio de la didáctica: no porque vayamos a ver a tal renombrado profesor de la institución podemos estar seguros de que vayamos a hacer un análisis didáctico. El análisis didáctico no se revela como tal de golpe, lo que implica que todo analista puede hacer un análisis didáctico, lo que no quiere decir que todos los que se lleven a cabo desde ese momento sean forzosamente didácticos. Dicho de otra manera: no se puede ser didáctico de por vida.

Esta constatación no hace más que reforzar el valor de la propia experiencia analítica, que demuestra que no hay un *ser analista*. El analista, en efecto, no lo es de forma continuada, con todos sus pacientes y durante todas las sesiones de un mismo análisis. Lo es en un acto que no es muy frecuente a lo largo de una cura, porque el inconsciente no siempre está abierto. E incluso si se piensa que es el deseo del analista el que impulsa el movimiento de apertura y de cierre del inconsciente, movimiento que Lacan comparaba con el de una ostra, no podemos concluir de ello que el inconsciente puede quedar permanentemente abierto. No hay, por tanto, permanencia analítica, un ser analista. Y si no hay un ser analista, no puede tampoco haber un *ser didáctico*.

Haciendo subversivo el principio de la didáctica, Lacan trastorna todos los fundamentos de la institución analítica. Porque el malestar interno del psicoanálisis viene sobre todo de esto: si no hay un ser analista, si no hay un ser didáctico, la institución va a dar al analista una *identidad analítica ilusoria*.

Si la IPA ha impuesto normas en todo el mundo sobre su capacidad de reproducción, eligiendo una *élite* y fijándole un cuadro rígido para ello, por el contrario, las sociedades psicoanalíticas francesas, nacidas todas ellas de la primera escisión de 1953, tienen, cada una, al lado de sus criterios comunes, los criterios específicos o particulares que han desarrollado para la formación de los analistas.

Si es un síntoma de buena salud, comparado con la relativa esterilidad de las sociedades afiliadas a la IPA en cuanto a la producción teórica, a propósito de la formación de los analistas me parece al menos necesario que, al final, los diferentes grupos puedan confrontar sus convergencias y sus divergencias en este sentido. Ahora bien, parece que la dificultad viene precisamente de aquí: si todas las escisiones se basan en los desacuerdos en lo referente a la formación, ¿cómo lograr que estas diferentes asociaciones confronten su experiencia en este tema? Para algunos, la cuestión ni se plantea. Únicamente existe la formación que ellos dan y no existe ninguna otra. Hasta el punto de que un analista que ha hecho su análisis y su control con analistas fuera de los muros de su asociación y que solicita su rehabilitación, es rechazado. Esto supone que estas asociaciones únicamente reconocen como psicoanalistas a aquellos psicoanalistas que pertenecen a su grupo. Desde este punto de vista, las asociaciones que se dicen vinculadas a Lacan y que, sin embargo, aplican esta política, retoman de manera implícita las normas de la IPA y se comportan como si Lacan no hubiera existido nunca.

Este no reconocimiento de en-

EL PSICOANÁLISIS

trada del trayecto que un analista ha podido recorrer en el *exterior* da fe de los efectos de esta identidad analítica ilusoria que ofrecen a sus socios o acólitos algunos de estos grupos cerrados.

La mayoría de los analistas formados por Lacan no se han vuelto a reencontrar. Progresivamente, estos analistas han ido formando sus asociaciones, cuyo número es trece en la actualidad. Mientras que hasta entonces, y como ya hemos visto, las fronteras de las instituciones eran herméticas, ahora los analistas han empezado a *circular* más libremente de un grupo a otro. Su análisis, su control y su formación son reconocidos por analistas de otros grupos diferentes del suyo propio. Ciertas asociaciones, como el Centro de Formación y de Búsqueda Psicoanalítica (CFBP), han incluido en sus estatutos la posibilidad de una doble afiliación, es decir, la posibilidad para un analista de pertenecer a otra asociación.

Esta apertura de las fronteras era totalmente nueva en la historia del movimiento analítico. Hay que tomar conciencia de ello. Se llevó a cabo, y esto dio lugar al nacimiento del movimiento interasociativo.

IX

PROBLEMAS Y PERSPECTIVAS

El analista y la Europa de 1992

El Acta Única Europea debería permitir a un analista francés, por ejemplo, instalarse y trabajar en España. Ahora bien, ¿cómo garantizar la formación de este analista, cómo garantizar su competencia ante los ojos del público? Estas dos preguntas, desde todos los puntos de vista esenciales, no han esperado a 1992 para ser planteadas por los analistas. Incluso ha parecido que no había ningún *peligro europeo*, como habían dejado entrever algunos colegas.

Al contrario, más que homogeneizar y nivelar las diferencias, las autoridades europeas han sido muy cuidadosas a la hora de respetar las particularidades propias de cada país. Desde su punto de vista, será labor de los analistas y de las asociaciones analíticas del país huésped el probar la eventual incompetencia de un analista extranjero, y no de este último el demostrar previamente su competencia. Cada caso sentará de alguna manera jurisprudencia.

Sensata prudencia la jurídica que, en efecto, permite al analista ejercer y a los otros probar su incompetencia, si ésta existe. Parece proceder del enunciado de Lacan: «El analista sólo se autoriza a sí mismo». Pero ¿cómo darle garantía a un ciudadano para que confíe en un analista?

Hete aquí que con esta pregunta nos volvemos a encontrar con los mismos problemas que se les habían planteado a los analistas en 1910.

La falta de diploma del analista

Al contrario que en otras profesiones liberales, el analista no tiene necesidad de un diploma para ejercer. Como hemos visto a lo largo de todo el libro, el análisis no se aprende en los bancos de la universidad. E incluso aunque actualmente la universidad dispensa enseñanzas sobre teoría psicoanalítica, refrendadas por un diploma, todos los analistas reconocen que no por ello se tienen las bases para ejercer.

Como ya hemos dicho, es en primer lugar el análisis personal el que podrá autorizar con el tiempo a un analista a sentarse en el sofá. Y si el analista no quiere o no tiende a hablar con sus semejantes, lo que es totalmente legítimo, está, sin embargo, obligado a hablar de su práctica analítica al menos durante los primeros años de su ejercicio. Es la función del control y la supervisión.

El analista está al menos obligado a lograr un cierto reconocimiento por parte de sus colegas. Estos *otros* de los que habla Lacan son testigos de que lo que él cuenta de su práctica analítica justifica que se le remitan pacientes.

Las asociaciones psicoanalíticas, la garantía y la formación

Si el primer reconocimiento del analista le llega de sus pacientes, es también necesario que lo obtenga de sus colegas. Ésta será la principal función de una asociación de psicoanalistas. Dado que, a pesar de todas las dificultades inherentes a la formación de un grupo y a su funcionamiento, a pesar del riesgo de que los analistas terminen por hablar al unísono, la asociación permanece como el mejor medio de garantizar la competencia de un analista ante los ojos del público.

La asociación podrá prevenirse frente a los otros dos peligros que la amenazan y que quieren subordinarla:

EL PSICOANÁLISIS

— Por un lado, la medicina, haciendo, por ejemplo, una especie de terapia de apoyo que sólo el médico puede aconsejar, tal y como realiza cuando prescribe sesiones de quinesiterapia. Este es el caso de algunos países en los que los analistas no médicos no pueden ejercer su profesión a no ser que cuenten con el amparo de un médico.

— Por otro lado, la psicología, al establecerla como una especialidad diferenciada de las otras. Ciertos países obligan a los analistas no médicos a afiliarse a colegios o asociaciones de psicólogos para poder ejercer.

Estos dos peligros que amenazan el análisis profano, es decir, el análisis ejercido por los analistas no médicos, vuelven a dar fe de la resistencia de las autoridades públicas a reconocer la especificidad única del psicoanálisis.

Freud defendió muy pronto *el análisis profano*. Pero, ochenta años más tarde, el peligro volvió a aparecer, de la mano de una nueva legislación sobre el psicoanálisis que hacía su ejercicio ilegítimo si éste no estaba garantizado por un diploma. Y un diploma para ejercer el psicoanálisis sería la muerte del propio psicoanálisis.

Es labor, por tanto, de las asociaciones psicoanalíticas defender a los psicoanalistas y al psicoanálisis. No solamente a los psicoanalistas y su ejercicio, sino sobre todo al propio psicoanálisis, incluso si esta lucha debe llevarse a cabo en contra de los psicoanalistas, como decía Lacan.

La primera cuestión que deben afrontar las asociaciones es la de la formación. Y no es un cometido fácil, dado que es por esta razón por la que se han producido todas las escisiones, y no porque los analistas no se reconocieran como tales uno por uno, sino porque se volvía a cuestionar la estructura del grupo y las reglas de formación que se habían utilizado.

El problema surge cuando un psicoanalista perteneciente a una asociación debe reconocer a otro analista perteneciente a una asociación diferente. En efecto, como ya hemos visto, las resistencias de los psicoanalistas se gestan en esta *identidad analítica ilusoria* que les da su correspondiente institución, y que les empuja a realizar un discurso colectivo común y a hablar al unísono, de la misma forma todos ellos. La historia del movimiento analítico nos muestra incluso grupos que se fundan y encuentran su identidad en el odio respecto a los analistas *llegados desde el exterior*.

Si ya es difícil evitar esta confrontación sobre la formación entre las propias asociaciones, es ilusorio hacerlo de una en una. Precisamente porque la zona de sombras del analista que habla de la formación recubre el campo de su pertenencia al grupo, es necesario que esta zona de sombras pueda esclarecerse a partir de los puntos de encuentro entre unos y otros psicoanalistas de distintas asociaciones. Y ello porque aunque estas zonas de sombras puedan parecerse, no son las mismas.

Tal vez podamos aceptar el reto lanzado por Lacan con la disolución de su escuela cuando se dio cuenta de que ésta no había podido escaparse a las leyes de grupo que fundamentan toda institución. Esto si aceptamos la idea de que con la disolución de la Escuela Freudiana de París, Lacan logró el éxito allí donde Freud fracasó al fundar la IPA.

X

EL PSICOANÁLISIS EN ESPAÑA

Al mismo Freud le sorprendió que, dos meses más tarde de la aparición en Viena, en 1893, de *Los mecanismos psíquicos de los fenómenos histéricos*, se publicara su traducción española en Granada y Barcelona.

Impulsada por Ortega y Gasset, se edita también en España, traducida por López Ballesteros, la obra completa de Freud, que aparece entre 1922 y 1932 casi simultáneamente con la primera recopilación de sus escritos originales en alemán.

A pesar de esta temprana accesibilidad a las obras freudianas, el surgimiento del psicoanálisis en nuestro país ha sido tórpido y discontinuo. Sea por la mentalidad particular del español, históricamente dividido (Laín Entralgo), por la inexistencia aquí de un núcleo de intelectuales judíos que lo impulsara frente a la oposición de la ciencia oficial (Muñoa), o por las lamentables circunstancias de la Guerra Civil que alejaron a Ángel Garma, quien estaba organizando el primer núcleo de posibles futuros psicoanalistas; en fin, fuera por lo que fuese, hasta 1954 no se funda la Asociación Psicoanalítica Española. Tras un período de fusión con otros analistas portugueses se llega al movimiento actual, en el que en España contamos con dos grupos: la Sociedad Española de Psicoanálisis, reconocida por la IPA en 1966 (con sede en Barcelona), y la Asociación Psicoanalítica de Madrid, reconocida como componente de la IPA en el XXXII Congreso, celebrado en Helsinki en 1981.

BIBLIOGRAFÍA

AZOURI, C.: *J'ai réussi lá où le paranoïaque échoue*, Denoël, París, 1991.
DOR, J.: *Introduction à la lecture de Lacan*, Denoël, París, 1985.
FREUD, S.: *La histeria* (1895). Traducción de L. López-Ballesteros, Alianza, Madrid, 1976.
— *Psicopatología de la vida cotidiana* (1901), Alianza, Madrid, 1972.
— *Tres ensayos para una teoría sexual* (1905), Alianza, Madrid, 1985.
— *Psicoanálisis* (1909), Alianza, Madrid, 1990.
— *Lecciones introductorias al psicoanálisis* (1916-1917), Alianza, Madrid, 1974.
— *Historia del movimiento psicoanalítico* (1914).
— *Autobiografía* (1925), Alianza, Madrid, 1980.
GUTIÉRREZ TERRAZAS, J.: «Apuntes para un estudio sobre la historia del psicoanálisis en España», *Revista Asociación Española Neuropsiquiatría*, vol. IV, núm. 10, 1984.
LACAN, J.: *Escritos* (1966), vols. I y II, Siglo XXI, México D.F., 1980.
LAGACHE, D.: *El psicoanálisis*, Paidós, Buenos Aires, 1979.
LAPLANCHE, J., y PONTALIS, J. B.: *Diccionario de Psicoanálisis*, Labor, Barcelona, 1971.
LEMAIRE, A.: *Jacques Lacan*, Pierre Mardaga, Bruselas, 1977.
MANNONI, M.: *El psiquiatra, su «loco» y el psicoanálisis*, Siglo XXI, Buenos Aires, 1976.
MANNONI, O.: *Freud. El descubrimiento del inconsciente*, Nueva Visión, Buenos Aires, 1977.
MILLER, G.: *Lacan*, Bordas, París, 1987.
MUÑOZ, M. L.: *Contribución a la historia del movimiento psicoanalítico en España: formación de la Asociación Psicoanalítica de Madrid*, Revista de Psicoanálisis de Madrid, núm. extraordinario mayo-noviembre, 1989.
NASIO, J. D.: *Enseignement de sept concepts cruciaux de la psychanalyse*, Rivages, París, 1988.
ROBERT, M.: *La revolución psicoanalítica*, Fondo de Cultura Económica, México, 1989.
ROUDINESCO, E.: *La batalla de cien años*, tomo 2 (1925-1985), Ed. Fundamentos, Madrid, 1993.

COLECCIÓN FLASH

ARTE

50 / **La arquitectura en Europa**, *G. Luigi*

161 / **El arte contemporáneo**, *Julián Muñoz Goulin*

CIENCIA

3 / **La astronomía**, *J. N. von der Weid*

22 / **Historia de la biología**, *Denis Buican*

78 / **Los residuos sólidos**, *Antonio Lucena*

95 / **Diccionario de las nuevas tecnologías**, *José Luis Centurión*

109 / **Diccionario de climatología**, *A. Gil Olcina / J. Olcina Cantos*

124 / **Las abejas y la miel**, *Pilar de Luis Villota*

157 / **Energías alternativas**, *Antonio Lucena Bonny*

CULTURA

2 / **La mitología clásica**, *Margot Arnaud*

5 / **Los filósofos**, *François Aubral*

15 / **Diccionario de términos filosóficos**, *François Robert*

28 / **La astrología**, *F. Díez Celaya*

32 / **Los vascos**, *Ramón Nieto*

38 / **Los templarios**, *F. Diez Celaya*

42 / **Historia de la literatura latina**, *Jacques Gaillard*

43 / **El oficio de escribir**, *Ramón Nieto*

61 / **El antiguo Egipto**, *A. Pérez Largacha*

74 / **Los mitos celtas**, *P. Pablo G. May*

76 / **Diccionario de términos literarios I**, *M. Victoria Reyzábal*

77 / **Diccionario de términos literarios II**, *M. Victoria Reyzábal*

83 / **Diccionario histórico de la España del Siglo de Oro**, *A. Molinié-Bertrand*

99 / **El romanticismo**, *Ramón Nieto*

106 / **Los dinosaurios**, *Helga Weber*

107 / **Cuba**, *J. M. González Ochoa*

108 / **Introducción a los clásicos**, *M. Beard / J. Henderson*

111 / **Introducción a la arqueología**, *Paul Bahn*

112 / **La Ilustración**, *Joaquín Lledó*

114 / **El pensamiento japonés**, *Pierre Lavelle*

115 / **Antiguos mitos americanos**, *P. Pablo G. May*

118 / **Introducción a la mitología griega**, *Suzanne Said*

119 / **Introducción a la etnología y la antropología**, *Jean Copans*

120 / **Historia de la educación en la España contemporánea**, *Ricardo Lucena*

122 / **El teatro griego**, *Corinne Coulet*

123 / **Aproximación a la literatura latina tardía**, *René Martin*

128 / **Calendarios y medidas del tiempo**, *Joaquín Lledó*

135 / **Cronología de la Historia de España (1)**, *Carmen Utrera / Dolores Cruz*

136 / **Cronología de la Historia de España (2)**, *Dolores Cruz / Carmen Utrera*

137 / **Cronología de la Historia de España (3)**, *Carmen Utrera / Dolores Cruz*

138 / **Cronología de la Historia de España (4)**, *Dolores Cruz / Carmen Utrera*

143 / **El existencialismo**, *Denis Huisman*

144 / **El libro antiguo**, *José Luis Checa Cremades*

145 / **Los dominios del lenguaje**, *Ignacio Merino*

158 / **Los mitos nórdicos**, *P. Pablo G. May*

173 / **Diccionario de edición**, *M. Chivelet*

183 / **Los mitos mesopotámicos**, *P. Pablo G. May*

187 / **Esoterismos**, *Joaquín Lledó*

ECONOMÍA

9 / **Diccionario de términos económicos**, *Mathilde Ménard*

10 / **Iniciación a la economía**, *R. Colonna d'Istria*

14 / **La gestión empresarial**, *Alice Hubel*

16 / **La Bolsa**, *Adrienne Jablanczy*

30 / **El sistema monetario internacional**, *Michel Lelart*

46 / **Las relaciones públicas en la empresa**, *Juan A. Cabrera*

48 / **Diccionario de publicidad**, *Ignacio Ochoa*

52 / **Economía mundial y desarrollo**, *J. C. Rodríguez-Ferrera*

53 / **El marketing**, *J. R. Sánchez Guzmán*

68 / **La conservación de la naturaleza**, *Mónica Pérez de la Heras*

79 / **Diccionario de marketing**, *J. R. Sánchez Guzmán*

88 / **El euro**, *J. M. García / S. M. Ruesga*

132 / **El Banco Central Europeo**, *Francesco Papadia / Carlo Santini*

133 / **El Mercado Único Europeo**, *Roberto Santaniello*

160 / **La economía sumergida**, *M. Santos Ruesga*

166 / **¿Qué desarrollo?**, *Alessandro Lanza*

175 / **Las tarjetas de crédito**, *Juan Puig Torné*

184 / **La globalización**, *E. Verdeguer / L. Álvarez*

186 / **El consumo**, *Millán Arroyo*

INFORMÁTICA

26 / **Diccionario de informática**, *Equipo Dos*

MÚSICA

20 / **La ópera**, *F. Fraga / Blas Matamoro*

37 / **El flamenco**, *Alicia Mederos*

47 / **El tango**, *Blas Matamoro*

49 / **La zarzuela**, *M. García Franco / R. Regidor Arribas*

60 / **La música sinfónica**, *A. de Juan / E. Pérez Adrián*

92 / **La música de cámara**, *E. Martínez Miura*

102 / **El ballet**, *Blas Matamoro*

110 / **La música para piano**, *Rafael Ortega Basagoiti*

153 / **La copla**, *Manuel Román*

162 / **La salsa**, *José Arteaga*

OCIO

21 / **Historia del cine español**, *Jean-Claude Seguin*

33 / **Historia del toreo**, *Jorge Laverón*

56 / **La lidia**, *Jorge Laverón*

58 / **El cine de Hollywood**, *Jacqueline Nacache*

59 / **El teatro**, *R. Nieto / L. Cid*

72 / **El cine italiano**, *Laurence Schifano*

75 / **La fotografía**, *J. Calbet / L. Castelo*

84 / **Técnica y representación teatrales**, *R. Nieto / L. Cid*

89 / **El toro de lidia**, *Jorge Laverón*

101 / **El lenguaje audiovisual**, *A. Palazón Meseguer*

130 / **El cine japonés**, *Max Tessier*

159 / **Diccionario de términos taurinos**, *Jorge Laverón*

PSICOLOGÍA

6 / **Los tests psicológicos**, *C. Césari*

8 / **La depresión**, *P. Morand de Jouffrey*

12 / **El sueño y los sueños**, *J. N. von der Weid*

19 / **El psicoanálisis**, *Chawki Azouri*

24 / **La relajación**, *C. Césari*

40 / **El autismo**, *H. R. P. Janetzke*

41 / **La inteligencia**, *Ralf Horn*

51 / **El estrés**, *Manuel Valdés*

62 / **El niño de 0 a 6 años**, *P. M. Pérez Alonso*

104 / **Las neurosis**, *M. A. Jiménez / I. Mearin*

117 / **La timidez**, *Christophe André*

125 / **Estereotipos y prejuicios**, *Bruno M. Mazzara*

150 / **La felicidad**, *Paolo Legrenzi*

151 / **La autoestima**, *Maria Miceli*

156 / **El miedo**, *Andreas Huber*

RELIGIÓN

4 / **El islam**, *Eric Santoni*

7 / **El budismo**, *Eric Santoni*

13 / **El judaísmo**, *Eric Santoni*

27 / **Los papas**, *J. L. González Balado*

57 / **Las religiones africanas**, *Anne Stamm*

86 / **Historia de la Iglesia (1)**, *Juan de Isasa*

87 / **Historia de la Iglesia (2)**, *Juan de Isasa*

113 / **Las profecías**, *Steffen Rink*

121 / **Jesús de Nazaret**, *Charles Perrot*

127 / **Introducción al hinduismo**, *Kim Knott*

140 / **El Camino de Santiago**, *María Merino*

154 / **El Jubileo**, *Lucetta Scaraffia*

178 / **El taoísmo**, *Julián Muñoz Goulin*

SALUD

29 / **El colesterol**, *Manuel Toharia*

34 / **Las alergias**, *Renate Volk*

64 / **Los virus**, *C. Eberehard / R. Ries*

116 / **La nutrición**, *Lola Venegas*

142 / **Las drogas,** *Ana I. Sanz García*
149 / **La sangre,** *Agnès Charpentier*
152 / **La medicina natural,** *Adelina Rodríguez Santizo*
167 / **El alcoholismo,** *Ana I. Sanz García*
171 / **Las psicosis,** *M. Á. Jiménez / I. Mearin*
180 / **El Alzheimer,** *Ana I. Sanz García*
182 / **Los medicamentos,** *S. Cagliano / A. Liberati*
185 / **Anorexia y bulimia,** *Inés González*

SOCIEDAD

17 / **La ONU,** *Maurice Bertrand*
23 / **Diccionario de términos jurídicos,** *P. Colonna d'Istria*
36 / **Diccionario de ecología,** *J. L. Jurado Centurión*
66 / **Las guerras olvidadas,** *J. M. González Ochoa / A. I. Montes*
67 / **Los derechos humanos,** *Hernando Valencia*
69 / **La mitología en la vida cotidiana,** *Assela Alamillo*
71 / **La sociedad de la información,** *Francisco Aguadero*
73 / **La mujer en el mundo,** *R. Díez Celaya*
91 / **Diccionario de términos multimedia,** *Francisco Aguadero*
100 / **Estructura del Estado español,** *M. J. Palop / S. Díaz*

126 / **Diccionario de términos políticos,** *Ramón Nieto*
129 / **Comunicación y persuasión,** *Nicoletta Carazza*
131 / **Textos básicos de la construcción europea,** *A. Moreno / G. Palomares*
134 / **Europa, casa de la razón y la libertad,** *J. Arroyo*
139 / **Los milenarismos,** *Joaquín Lledó*
141 / **La población española,** *Gerardo Meil*
146 / **Lenguaje y política,** *Ramón Nieto*
147 / **Jóvenes españoles 2000,** *Pedro González Blasco*
148 / **La clase política,** *G. Pasquino*
155 / **Inmigrantes,** *J. I. Ruiz de Olabuénaga*
163 / **La Transición,** *Julio Aróstegui*
164 / **Francia y los franceses,** *G. F. Dumont*
165 / **Finlandia y los finlandeses,** *G. Gestrin*
168 / **Ecología doméstica,** *José Luis Gallego*
169 / **La adopción,** *Miguela del Burgo*
170 / **Franco,** *Glicerio Sánchez Recio*
172 / **La publicidad,** *A. Medina*
174 / **El fundamentalismo islámico,** *L. Escribano*
176 / **New Age,** *Luigi Berzano*
177 / **La masonería,** *Joaquín Lledó*
179 / **La calidad de vida,** *Milagros Juárez*
181 / **Portugal,** *Sebastián Quesada*